レジェンド
ノベルス
LEGEND
NOVELS

斥候が主人公でいいんですか？

失敗しらずのダンジョン攻略

contents

レジェンドノベルス
LEGEND NOVELS

斥候が主人公でいいんですか？

失敗しらずのダンジョン攻略

第1話

1. 前衛三人組は盗賊を追放する

「アルバ、お前をパーティーから追放する！」

新進気鋭の冒険者パーティーである【鷹《たか》の目】、その前衛職を務める槍《やり》使いデュンケルは、そう言い放った。デュンケルの両脇には、同じく【鷹の目】の前衛職である両手剣使いのフォルクと盾使いのガウスが控えている。

デュンケルの目の前には、異様な風体の男——灰色の装束と横に溝の入った額当てを痩身にまとい、目元を塗り潰した墨と口元を覆ったマスクで素顔を隠した青年が立っている。【鷹の目】の斥候アルバである。

「は？　何の冗談だ？　こんな時に」

周囲が黒く塗り潰されていることでより鋭く見える眼光と、マスク越しでくぐもっているためによりドスが利いて聞こえる声色。それらはかなりの威圧感を放っているが、デュンケルも慣れたもので臆することはない。

ここは地下迷宮の中層階に位置する広間である。これから四人で迷宮入り口まで戻る計画だ。何が起こるか分からない迷宮の中では、仲間は一人でも多い方が良《い》い。パーティーのメンバーを追放するのに、これほど相応《ふさわ》しくない状況もないだろう。

「冗談ではない。俺たちはもうお前とはやっていけないと言っている」

「……不満があるなら聞こう。何が問題だ？」

すまし顔で尋ねるアルバに、短気なフォルクが半ば切れかける。

「問題だらけだっつーの！　大体、戦闘で何の役にも立っていないくせに、なんで俺たちと取り分が一緒なんだ？　おかしいだろ!?」

「斥候だからな、俺は。それに一応、戦闘中は後衛の護衛もしているだろう？」

「ふざけんな！　俺ら前衛は敵に一匹たりとも抜かれちゃいねえ！　後衛に敵なんざ行かねえだろうが!!」

【鷹の目】は、この四人に後衛の魔術師と神官を加えた六人編成だ。

前衛三人が臨機応変に立ち位置を変えることで鉄壁の守りを実現している。それこそが、短期間で【鷹の目】のパーティーランクを押し上げた原動力だと三人は自負している。

もちろん後衛の二人も重要な戦力だ。魔術師のラキアは、パーティー最大火力にして、遠距離からの広範囲攻撃を可能とする対集団戦の要だ。神官のモナも、回復、強化、防御などの戦闘支援を一手に担い、強敵を倒すには欠かせない存在だ。

一方で、アルバは戦闘面でまったくパーティーに貢献していない。せいぜいが投剣――投擲《とうてき》用の短剣を戦闘開始時に暗闇に向けて数本投げる程度。その後は後衛の前で突っ立っているだけだ。

「確かに前衛を抜かれる心配はなさそうだな。前にも言ったとは思うが、荷物に弓と矢筒を加えていいなら、戦闘中に援護射撃くらいできるが？」

三人の非難の目もどこ吹く風、アルバは涼しい顔のまま、うそぶいた。

「それだ！　なんで俺らがお前の荷物まで背負わにゃならんのだ！　理不尽だろうが‼」

アルバの態度がよほど癇《かん》に障ったのか、フォルクが地団駄を踏んだ。

「……斥候だからな、俺は。悪いが、荷物を担いで斥候はできない」

戦闘時以外、アルバは基本的に単独行動だ。常にパーティーに先んじて移動し、その後方からパーティーがついていく形になる。その間、アルバの装備、食料、寝袋を担ぐのは前衛の三人の誰かである。

以前、アルバに戦闘への積極的な参加を促したことがあった。アルバの返答は『荷物に武器を増やして良いならば可能』というものだった。

結局、『なんでお前の武器まで俺らが運ばなきゃならないんだ！』とフォルクが不満を漏らしたことで、その話はお流れになった。

「そもそも、斥候職自体、もう必要ないと俺は考えている」

デュンケルは偽らざる心情を口にした。

冒険者は野外での魔獣狩りで経験を積み、その後は魔物が徘徊《はいかい》する迷宮の攻略にいどむのがセオリーだ。迷宮攻略を順調に進めつつある現在、【鷹の目】が魔獣狩りに戻る予定はない。

魔獣狩りとは違い、迷宮では前進しているだけで魔物と遭遇するため、索敵の必要性が低い。しかも侵入者がめったに来ないためか、魔物は油断しきっている。迷宮攻略を始めて数ヵ月の経験で、『迷宮攻略に斥候職など無用』という感触をデュンケルは得ていた。

「俺たちなら、もっと上のランクを狙える。そのために今、何が一番必要なのか、何が俺たちの足を引っ張ってるのかを考えるとな……お前だよ、アルバ。敵の配置と武装を確認するだけのことに、お前は時間をかけ過ぎている。そのせいで迷宮攻略が遅れ、余計な荷物も費用も増える。お前は慎重すぎるんだよ、アルバ」

「知ってるんだぜ？　お前、前のパーティーで『臆病者のアルバ』って呼ばれてたんだって？」

デュンケルに便乗して、フォルクがアルバを挑発した。数週間前、アルバが以前活動していた街から来た冒険者と酒場で意気投合し、その時に聞きだした情報だ。

だが、アルバは意に介さない。少なくとも表面上は平静を保っている。

「……なるほど、斥候職はいらないか。なら、罠《わな》の発見と解除はどうする？　宝箱の解錠は？　お前たちにできるのか？」

「罠？　……罠ねぇ。あんなもの、よほどの間抜けじゃなきゃ引っかからないだろう？」

デュンケルは思わず苦笑した。

アルバは進路上に罠を発見すると、その場に蛍光塗料で目印を書き込んで、注意喚起を促す。その罠というのが、あからさまな壁の出っ張りだったり、床にひとつだけ置いてあるタイルだったりするのだ。

デュンケルにしてみれば、その目印を見るたびに、『こんな罠に気づかないほど、お前らは間抜けだ』と小馬鹿にされているように感じるほどだ。

「宝箱なんて、所詮木箱じゃねぇか。ちまちま鍵を開けずに、箱ごとぶっ壊しちまえばいい」

フォルクがそう言ってせせら笑った。

アルバはうつむいて大きく息を吐く。

「……ラキアとモナは、このことを知っているのか？」

後衛の二人は今この場にいない。この広間に併設された【転移の魔法陣】を使い、荷物共々、先に迷宮入り口の野営地まで戻ってもらっている。魔法陣を使って全員で帰還しようとしたところ、この広間で手に入れた戦利品がことのほか重く、重量過多で魔法陣が作動しなかったのだ。

専門家であるラキアの見立てによれば、ここの魔法陣は一度使うと丸一日は使えないとのこと。それならば、後衛二人には魔法陣を使って戻ってもらい、健脚の前衛三人とアルバは徒歩で来た道を戻った方が早い、という話になった。

実のところ、魔法陣が作動しないことを知った後、そうなるように話を仕向けたのはデュンケルだった。

「いや、二人は知らない。だが問題はない。パーティーに関することは、当事者を除いたメンバーの多数決で決める、という約束だ。お前を除く五人の内、ここにいる三人がお前の追放に賛成してる。残り二人が反対しても決定は覆らない。お前が二人をどう言いくるめていようとな」

「言いくるめる？」

アルバは顔を上げ、意味が分からないといった表情を浮かべた。

白々しい、とデュンケルは思った。

最近、後衛の二人が前衛の三人を避けていること、アルバとの距離感はむしろ近づいていることに、デュンケルは気づいていた。普段は人間関係に疎いフォルクとガウスですら気にしている。二人はラキアとモナにそれぞれ好意を抱いているのだ。

アルバを十分に追い詰めたと感じたデュンケルは、酒場で仕入れた決定的な情報をもって、止めを刺すことにした。

「知っているぞ。『詐欺師のアルバ』、お前がそう呼ばれていたこともな」

この事実を知れば、ラキアとモナも目を覚ますだろう。そうなれば、アルバの追放後も後腐れもなく二人とパーティーを続けていける。デュンケルはそう考えていた。

「【斥候】などとうそぶいているが、大した仕事もせずにパーティーに寄生しているお前には、昔ながらの【盗賊】の呼び名の方がお似合いだよ」

まだ【斥候】が冒険者の職種として一般化していなかった頃、窃盗や盗掘を生業とする輩《やから》を一時的にパーティーに招き入れていたという。そいつらは【盗賊】と呼ばれ、パーティーに寄生し続けた挙げ句に、金を持ち逃げしたりと随分悪さをしたらしい。

デュンケルにしてみれば、アルバもそういった輩と大差ない。今追放してしまわないと、これから先何を仕出かすか分かったものではない。

「……やれやれ」

とうとう諦めがついたのか、アルバは肩をすくめた。

「で？　わざわざこんなタイミングで追放して、俺をどうする気だ？」

不穏な空気が三人と一人の間に流れる。

ここは典型的な【生きている迷宮】である。倒された魔物は、しばらくすると魔界から再召喚されて補充される。

中層階の魔物は駆逐してから間もないため、今から来た道を戻れば、魔物に遭遇することなく上層階へ抜けられる。だが、上層階の魔物は駆逐してから一晩経《た》っているため、ほぼ補充が完了しているはずだ。

上層階に出現するのはせいぜいゴブリン――緑色の子鬼程度。前衛職が三人いれば危なげない行程である。だが、まったく危険がないわけではない。何が起こるか分からない迷宮にいどむからこそ、彼らは冒険者と呼ばれているのだ。

つまり、迷宮を出た時点でアルバが大怪《け》我《が》をしていても何ら不思議はない。たとえ、アルバ本人が加害者として三人を告発しても、追放を逆恨みしての言い掛かりだと言えば、誰が否定できるだろうか。

まして、アルバが迷宮内で死んでしまえば、告発さえもできない。

とはいえ、デュンケルにそんなつもりは毛頭なかった。少々、前衛の苦労を味わってもらいたいだけだ。

「追放したからには一緒に行動はできない。お前は今すぐ、一人で迷宮の入り口を目指せ。しばらくしたら俺たちも出発する。お前がそのまま迷宮から出られたら、それでお別れだ。だが、もし迷宮内で俺たちに追いつかれたら、その時はどうなるか分からない」

前衛三人ならば容易《たやす》く突破できる上層階。しかし、斥候一人ではどうにもならない。

特に、迷宮入り口近くには二十四ほどのゴブリンがひしめき合う広間がある。そこは、迂回《うかい》路もなければ、身を隠して通過する余裕もない。斥候一人では完全に詰む場所だ。

アルバは一人でゴブリンの群れにいどむほど無謀ではない。それは、デュンケルも重々承知している。

進退きわまって、追いついてきた三人に命乞いでもするだろうか？　その様子を想像すると、デュンケルはなんとも言えない愉悦感を覚えた。

「……了解した。では先に行かせてもらおう」

少し思案する様子を見せたアルバは、しかしヤケにあっさりとそう言って歩きだした。

「正直……ここまで馬鹿だとは思ってなかったな」

去り際のアルバの呟《つぶや》きは三人には届かなかった。

2．斥候は難関を突破する

（さて、どうしたものかな）

一人、来た道を逆順に進むアルバの前に、二股の分岐路があった。ひとつは正面に続く大きめの道。もうひとつは壁に空いた穴から左へと逸《そ》れる小道である。

往路では左の小道から来て、アルバの背後に続く道を奥へと進んだ。つまり、左の小道が上層階へ向かう正しい道である。

正面の道もすでに偵察済み。少し進むと行き止まりになっており、そこに一匹だけオーク――豚面の鬼が潜んでいる。今回の攻略では脇道は無視して、なるべく先を急ぐ方針であったため、この先にいるオークは健在である。

（三馬鹿は、左の道に気づくだろうか？　それ以前に、自分たちが側道からこの道へ合流したことに気づいていただろうか？）

　地下迷宮の通路は暗い。ごく稀《まれ》に薄暗い魔術照明が灯《とも》っている以外に光源はない。冒険者は基本的に、腰に下げた魔術カンテラの明かりを頼りに歩く。だが、カンテラは前方の足元に光を集中させているため、視野はかなり狭く、道順を覚えるのは意外に難しい。

　ちなみに、斥候は通常、暗闇では【暗視】の魔術を常時発動している。カンテラの光は敵に自分の位置を知らせてしまうため、斥候には命取りだ。魔力を持っていない人間に斥候が務まらない理由のひとつでもある。

（あの三人ならオーク一匹程度、造作もないだろうが）

　アルバ自身は前衛三人の戦闘技能を高く評価している。彼らの三《さん》位《み》一体《いったい》とも言える連携は、どんな敵に対しても安定した戦果を期待できるものだ。

　彼らのおかげで随分と楽をさせてもらった自覚があるアルバだが、今にして思えば、楽をしすぎた結果がこの状況を生んだと言えるだろう。こちらにも反省すべき点はあったということだ。

（あえて意地悪をする必要もないか）

　アルバは懐から蛍光塗料を取りだすと、左の道を示す矢印を床に大きく描いた。

（これでよし）

あまりもたもたしていると、三人に追いつかれて面倒なことになりかねない。

アルバは足早に左の小道へと入った。


ほどなくして上層階へ到達したアルバは、第一の難関にたどり着いた。

そこは、広い直線通路が中間地点で直角に曲がった構造をしていた。壁面には等間隔で照明が灯っているが、角の付近だけは照明がなく暗闇に閉ざされている。

実は、その角の外側にゴブリンが潜む窪《くぼ》みがある。ゴブリンからは通路が丸見えだが、通路側からは【暗視】を使わなければゴブリンの存在にすら気づけない。

そして、厄介なことに【シーカー】と呼ばれる見回り役が、群れから離れて徘徊している。

【シーカー】は魔物が一定数群れると必ず現れる変異体だ。特にゴブリン・シーカーは、好奇心が強く、眠っている時以外はじっとしていられない。そして、敵を見つけると叫び声を上げて仲間に知らせる。

往路では、アルバが【シーカー】を排除、窪地《くぼち》に十五匹程度のゴブリンを確認した後、敵に見つかるギリギリの距離からラキアが魔術で先制攻撃、敵が混乱したところを前衛三人が突撃をかけ、難なく殲滅《せんめつ》できている。

しかし、今のアルバに戦闘を行うという選択肢はない。

一人で十五匹のゴブリンに囲まれたら、壁を背にしても三方向から槍で責め立てられ、避けることもままならない。そして、ひとたび槍で刺されれば革鎧《かわよろい》の上からでも出血は免れず、敵の包囲を突破しない限りは失血死が待っている。もちろん、革鎧以外の部位を刺されれば、そのまま致命傷である。

ならば、取りうる手段はひとつ。敵に見つからずにやり過ごすしかない。

幸いにも、通路が広いため、曲がり角の内側を歩けば外側の窪地からは距離が取れる。角の付近の暗闇も身を隠すには十分だ。後は斥候の本分である隠密《おんみつ》術を駆使すれば、すり抜けることは可能だろう。

そのために、まずは他のゴブリンに気づかれずに【シーカー】を排除する必要がある。いつもなら時間をかけて安全かつ確実に狩るところだが、今回は三馬鹿が追いつく前にことを済ませなければならない。

アルバが焦《じ》れながら待っていると、一匹のゴブリンが群れを離れ、通路をこちらへと近づいてくるのが見えた。【シーカー】だ。

アルバは幻惑系魔術の【消音】と【迷彩】を自身にかけた。【迷彩】は【透明】の下位魔術で、風景に溶け込む程度の効果だが、薄暗がりの遠目であれば視認するのは困難だ。

【暗視】と合わせて三つの魔術の同時使用は、その難しさもさることながら魔力の消費がそれなりに多くなる。ただし【消音】と【迷彩】は、素の隠密技術が高いほど消費魔力が減る。アルバの魔力と隠密技術ならば、呼吸十回程度の間は三つの魔術を同時に維持することが可能だ。

【シーカー】との距離を見極め、アルバは投剣を放った。

「!? ギァ……」

投剣が【シーカー】の喉元へと吸い込まれ、悲鳴がかき消えた。絶命には至らなかったようで、【シーカー】は声を発せないままに悶絶《もんぜつ》している。

アルバは音もなく移動して、【シーカー】の心臓にダガーを突き立てた。びくん、と痙攣《けいれん》を残して、【シーカー】が息絶える。

そのまま亡骸《なきがら》を引きずって、アルバは照明の届かない暗がりへと取って返した。同時に、すべての魔術を解除して、魔力の回復に努める。

息を潜めること、三呼吸。他のゴブリンに動きはない。気づかれずに済んだようだ。

再度【暗視】を発動し、他に【シーカー】がいないかを見定める。

（群れの規模からして、二匹はいそうなものなんだがな）

窪地の中で眠っているのか、通路を曲がった先にいるのか、まだ補充されていないか。いずれにしろ、時間が惜しい。

魔力が完全に回復するのを待ってから、アルバは再度【消音】と【迷彩】を発動して、曲がり角の内側の壁伝いに移動を開始した。

暗闇に溶け込みながら、アルバはゴブリンの群れがいる窪地のすぐ脇を忍び足で進んでゆく。窪地までの距離は十歩程度。ゴブリンの息遣いさえ聞こえてくる。

通路の角を曲がり、アルバはその先を見通した。幸い【シーカー】の姿は見えない。そのまま、ゆっくりと進む。

魔力がぎりぎり尽きる前に、アルバはゴブリンの群れから十分な距離を取ることができた。

（さて、残るは最後の広間だな。まあ、切り札を切ればなんとかなるか）

ここから先は最後の広間以外に難所はない。

アルバは三馬鹿との別れ際に思い描いていた行動計画を反芻《はんすう》する。使った投剣もしっかり回収できており、ダガーにも刃こぼれはなし。切り札も残っている。計画に支障はない。

【暗視】を使うのに十分な魔力が回復するのを待ち、アルバは移動を再開した。

途中、何匹かの【シーカー】を投剣と奇襲で屠《ほふ》り、何組かの魔物の群れをやり過ごし、アルバは最後の広間に続く通路の手前に到着した。

その広間は人の肩幅ほどの狭い通路に挟まれており、さして広くもない部屋の中に二十四のゴブリンがひしめいている。しかも、天井に照明がついており、仄暗《ほのぐら》いながらも広間全体を照らしている。見つからずにやり過ごすことは不可能だ。

往路では、ここでの戦闘も実にあっけないものだった。

【シーカー】を排除した後、前衛の三人が広間になだれ込んで、入り口を守るように半円の陣形を組む。その半円陣の中からラキアが破壊系魔術で敵の後衛を一掃。後は前衛が敵を徐々に押し込んで殲滅完了。アルバに関して言えば、ラキアが魔術を放つまでの間に、敵の弓兵に投剣を投げただけで、それ以降は何もしていない。

（まずは、各個撃破を狙ってみるか）

広間のゴブリンを通路におびきだせれば、一対一に持ち込める。さすがにアルバでもゴブリン相手に一対一で後れは取らない。ただし、連続して二十四を相手にするのは体力的にはギリギリだ。

アルバは広間から離れた位置でしばし待ち、広間から出てきた【シーカー】の足を狙って投剣を放った。

「ギャギョギュギョァー」

足に傷を受けた【シーカー】が、敵を見つけた際に上げる独特な叫び声を上げた。叫び終えるのを待ってから、その喉元に投剣を投げて止めを刺す。

そのまま、しばらく待ってみたが、ゴブリンたちが通路に出てくることはなかった。どうやら、狭い通路では数の利を活《い》かせないことを理解しているらしい。その程度の知恵はあったようだ。

アルバは通路を進み、暗がりから広間の内部を見渡した。

【シーカー】の悲鳴を聞いたゴブリンたちは、すでに臨戦態勢だった。平時なら武器を手元に置いて座り込んでいるはずが、今は立ち上がって武器を構えている。

【シーカー】の悲鳴を聞かせたのは早計だったかと一瞬考えたアルバだが、どのみち取り返しはつかない。

（さて、それじゃあ切り札を切りますか）

アルバは額当てを目元まで下ろし、マスクの密着度を確認した。

額当てに入った横長の溝には透明な膜が張ってあり、上下は見えづらくなるものの、十分な視野を確保できる。

マスクは目の細かい布地を折り重ねてあり、常に息を殺す訓練を重ねてきたアルバの浅い呼吸と合わされば、ほぼ完璧な防塵《ぼうじん》機能を発揮する。

準備は万端。アルバは懐から切り札を取りだした。

見た目は小石大の塊。名付けて【辛子玉】。何のことはない、何種類かの香辛料を混ぜて念入りにすり潰し、周りを粘土で固めただけの代物である。

これを硬いものにぶつければ、破裂して、中から香辛料の粉末が飛びだす。目に入れば悶絶級の痛みが走り、まぶたを開けていられなくなる。鼻で吸い込めばくしゃみが止まらなくなり、戦闘どころではない。口で吸い込んでも喉と肺が焼けるように感じ、咳《せき》が止まらなくなる。

【辛子玉】がゴブリンにも効くことは、事前に確認済みである。今回は敵がひしめき合っているため、最大限の効果が期待できるだろう。

【辛子玉】の効果でゴブリンが混乱している内に投剣で数を減らし、最後は強行突破する作戦だ。広間さえ抜けてしまえば、仮にゴブリンが追ってきても狭い通路上で各個撃破が可能だ。

アルバは慎重に狙いをつけ、【辛子玉】をゴブリンの群れの中へと投げ込んだ。

「ギェ、ギ、ギガァアアア!!」

阿鼻叫喚《あびきょうかん》が一気に伝播《でんぱ》した。

【辛子玉】の直撃を受けたゴブリンが、パニックを起こし、闇雲に槍を振り回し始めた。

その槍で傷つけられたゴブリンも、視界を奪われた状態で誰かから攻撃された形となり、慌てて見えない敵に剣を振り回し始めた。その剣がさらに周囲のゴブリンを傷つける。

群れの外周で【辛子玉】をほとんど浴びていないゴブリンすら、突如始まった同士討ちに理解が追いつかず、ただオロオロしている。中には、同士討ちしている仲間を裏切り者と見なしたのか、暴れている者を片っ端から切り捨てている者までいる。

もはや、地獄絵図である。

予想以上の効果にしばし呆然《ぼうぜん》と事の成り行きを見守っていたアルバも、ようやく我に返り、見える範囲で弓兵に投剣を投げてゆく。狙うのは、額か腕。額に当たれば目に血が入って狙いが定まらなくなり、腕が傷つけば弓を全力で引けなくなる。この距離なら直接喉元を狙っても致命傷になるのだが、いつもの癖というやつだ。

弓兵を無力化できたと判断したアルバは、気配を消して広間へと侵入した。

武器が交錯して危険度が高そうな中心部を避け、外周に沿って移動する。さらに、行きがけの駄賃とばかりに、混乱しているゴブリンの首筋を手当たり次第に背後から掻《か》っ切《き》ってゆく。

広間の反対側に行き着いて、振り返ると、そこには二十四の瀕死《ひんし》のゴブリンが横たわっていた。

結果としては【シーカー】の悲鳴を聞かせたのは正解だった。平時ならゴブリンたちは武器を手にしておらず、それぞれが床を転がり回るだけだっただろう。

（なんだろう、正直、スマンかったという気持ちになるな）

奇妙な罪悪感に苛《さいな》まれる。

魔物の死体からは魔石と呼ばれる有価の結晶が採れるが、ゴブリンの魔石は小さすぎて、どうせ、はした金にしかならない。時間をかけていると三馬鹿に追いつかれるため、手早く投剣だけを回収し、アルバは広間を後にした。

3．前衛三人組は宝箱を発見する

目の前の床に蛍光塗料で描かれた大きな矢印が、左の壁に空いた穴を指している。

「なんだ、こりゃ？」

フォルクが間抜けな声を上げた。

「左の穴に入れ、という指示だろうな。前は、こんな矢印はなかったよな？」

「ああ」

デュンケルはガウスに確認した。こういう時フォルクは当てにならない。

「つまり、奴《やつ》が帰りがけに描いたってことだ。どう思う？」

「どうとは？」

「俺たちに追放された奴が、わざわざご丁寧に、こちらに行けと言っている、ということだ。親切心からの行為だと思うか？」

「罠だと？」

「そう考えるのが妥当だろうな」

神妙な面持ちで言葉を交わすデュンケルとガウス。

「んじゃ、こっちっつーことで」

フォルクがわざわざ二人の背後に回って、正面の道へと背中を押す。

「まあ、違ったら戻りゃいいだけだ」

「そうだな」

三人はカンテラの明かりを頼りに、緊張感なく暗い道を進む。

すると、前方に照明がひとつ見えてくる。照明の下には、見慣れた金属枠の木箱。宝箱だ。

迷宮で見つかる宝箱は実に不思議な代物だ。中身は冒険者の遺留品と思《おぼ》しき装備品だったり、太古の遺物だったりする。しかも、太古の遺物の方は一度回収してもいつの間にか補充されているのだ。一説には、宝箱は迷宮のどこかにある宝物庫とつながっていて、そこから太古の遺物が補充されているとも言われている。

「この宝箱には見覚えがないな。違う道だったか」

「そのようだな」

「やれやれ、自分を追放した人間に正しい道を教えていたのか。盗賊のくせに案外お人好《ひとよ》しだな。それとも……この宝箱を俺たちから隠したかったのか？」

デュンケルは自分の推理が正しいのではないか、という予感めいたものを感じた。

フォルクが宝箱に飛びつき、蓋を開けようとするが、開かない。

「あんだぁ？　鍵がかかってるぞ？」

「……なるほど。奴はこの宝箱の鍵を開けられなかった。だが、中身を俺たちにくれてやるのは惜しいと考えた。だから、わざわざ道しるべを残して、俺たちがこの道に入らないように誘導した、ということか。宝箱の解錠もロクにできない三流盗賊は、他人様の分け前が増えるのが癪《しゃく》なんだろうさ。……いや待てよ。こういうことが過去にもあったとしたら？」

感じていた違和感がひとつにつながり、真実が見えてくる。

「そうか！　あいつ、斥候に時間がかかると言っておきながら、実はその間に脇道にある宝箱をこっそり開けて、中身を自分の懐に入れていたのか！」

分かってしまえばどういうことはない。これですべての辻褄《つじつま》が合う。腑《ふ》に落ちる、とはまさにこういうことを言うのだろう。

「で？　どうする？　宝箱を壊してみる？」

「そうだな。できるかどうか、試してみよう」

宝箱に抱きついてはしゃぐフォルクに、デュンケルは同意した。フォルクはいそいそと背中の両手剣を抜くと、大上段に振りかぶる。

「いや、ちょっと待て！　それだと枠の金属に当たって、最悪刃が欠けるぞ！」

「げぇ。そうか。なら、こうだ、な！」

フォルクは剣を逆手に持ち替えて、宝箱の木製部分へと突き立てた。しかし、切っ先はほとんど刺さっていない。

「もっと踏ん張らにゃ駄目か。よっせーの、せりゃ!!」

フォルクの渾身《こんしん》の一撃によって、切っ先が深々と宝箱に突き刺さる。

「げぅ、抜けねぇ!?」

「おいおい……」

フォルクは宝箱に足をかけ、顔を真赤《まっか》にして剣を抜こうとする。剣がゆっくりと動きだし、次の瞬間にはすっぽ抜けた。

「わぇ、あぶな！」

剣はフォルクの手を離れ、派手な音を立てて床を転がった。フォルク自身は勢いのままに尻もちをつき、そのまま肩で息をしている。

「結構難しいな、これ」

「そうだな。バールのようなものでもあれば、いけるんじゃないか？」

大盾を壁に立てかけ、腰を落としたガウスが、宝箱を撫《な》で回《まわ》し始めた。

と、不意にガウスの動きが止まる。その視線の先には愛用の大盾がある。

分厚くて硬い木材を金属枠で強化した、ガウス自慢の盾だ。そうそう壊れるものではない。たとえ、両手武器の一撃を何度も受け止めたとしても。

ガウスは大盾と宝箱を見比べた。そうだ、そんな簡単に壊れてもらっては困るのだ。

「なんてこった。ただの木箱とは訳が違――がっ⁉」

ガウスが呆然として立ち上がった瞬間、その背後の暗闇から巨大な何かが出現し、ガウスを撥《は》ね飛ばした。大柄なガウスの体が宙を舞い、そのまま鈍い音を立てて床に激突する。

「な、……オーク⁉」

フォルクは慌てて両手剣を拾おうとするが、剣に手が届く前に、オークの振るう棍棒《こんぼう》がその背中に叩《たた》きつけられる。

「ぐきゃぇ!!」

「この！」

デュンケルは慌てて槍を構え、フォルクに追撃を加えようとするオークを攻撃した。オークは棍棒で槍を払いのけ、デュンケルに向き直る。

デュンケルは目の端で二人の様子を確認する。致命的なダメージではなさそうだが、しばらく動けそうにない。

デュンケルは注意を正面のオークに戻した。

このオークは一体なんだろうか。あっという間に二人を戦闘不能にされた。オークから奇襲を受けたのはこれが初めてだ。こんなことが起こりうるだろうか？　もしかしたら戦闘力が格段に高い変異体なのだろうか？　だとしたら、俺で勝てるだろうか？

疑問が駆け巡り、デュンケルの思考はまとまりを欠いてゆく。そのために、単に剣が床を転がった際の大きな音で、近くにいたオークが呼び寄せられた、という単純な事実に思い至らない。

混乱が頂点に達し、デュンケルの頭の中は真っ白になる。

結果的には、それが幸いした。

オークが棍棒を振り上げた瞬間、デュンケルは無心で、数えきれないほど繰り返してきた鍛錬の型を、ただ体が覚えているままに繰りだした。

その一撃は、あっさりとオークの心臓を貫き、その生命を奪った。

「へ？」

オークが音を立てて崩れ落ちるのと同時に、デュンケルはその場にへたり込んだ。

ほどなくして、地に伏せていた二人が動きだし、デュンケルもようやく我に返った。

二人の負ったダメージは思いの外、深かった。

万が一を懸念し、虎の子の魔法薬を使って、二人を万全の状態に戻す。往路でも使用しなかった魔法薬を消費することになろうとは、完全に予想外である。


「結局何だったんだ？　このオークは？」

オークの死体から魔石を抜き取りつつ、フォルクが尋ねた。

デュンケルは返答に困る。

「……ただのオークだよ、多分な」

「ただのオークに二人もやられたのか？　マジでぇ？」

「ともかく、戻ろう。この道は未踏破だ。奥に何がいるか分かったもんじゃない」

「へいへーい。結局、宝箱も壊せずじまいかよ」

「諦めろ。あの箱は簡単には壊せまい。オークの魔石で我慢しろ」

「くっそーう」

あまり時間をかけて、中層階の魔物まで補充されては厄介だ。三人は先を急ぐことにした。

4．斥候は後衛組と合流する

「おっそーい！　って、なんで一人？　ちょっ、それ血じゃない!?」

アルバが迷宮入り口に到着すると、乱雑に置かれた荷物の中から甲高い声が聞こえてきた。魔術師のラキアだ。

いかにも魔術師然とした黒マントに身を包んだラキアは、整いすぎた顔立ちとつり上がり気味の目元のせいで、すましていれば冷たい印象を与える。一方で、顔見知りに対しては表情が豊かで、むしろ人懐っこい一面を見せる娘だ。

「アルバさん!?　大丈夫なんですか？　お怪我は？」

小荷物を抱えたまま、荷負い馬の陰から顔をのぞかせたのは、神官のモナだ。

落ち着いた雰囲気の清楚《せいそ》な娘で、神官服を着ているにもかかわらず、一見すると深窓の令嬢としか思えない。初見で冒険者だと信じる者は少ないだろう。

「怪我はない。これは返り血だ」

「とりあえず、【清め】ますね」

「すまない」

モナがアルバに駆け寄り、【清め】の恩寵《おんちょう》で服についた返り血を消してゆく。

恩寵は神官が起こす神の奇跡である。『実際に奇跡を起こしているのは神である』という理屈で、神官たちは『恩寵を賜《たまわ》る』と言う。

神官の信心の度合いによって、一日に賜れる恩寵の総量は決まっている。【清め】は最も消費の軽い恩寵のひとつであり、斥候であれば気兼ねなく賜ることができる。匂いに敏感な魔獣は多く、一部の魔物も鼻が利くため、斥候が血の匂いをさせていては仕事にならないからだ。

アルバも普段から返り血を浴びないように極力注意している。幻惑系魔術に【消音】はあっても【消臭】が存在しないのは、斥候にとっては悩みどころである。

「あんたが返り血を浴びるなんて、ただごとじゃないわね。ところで残りの三人はどうしたの？　まさか⁉」

「いやいや、三人は無事だ。多分……十中八九、無事なはずだ」

最悪の事態に思い当たって蒼《あお》くなったラキアをアルバがなだめた。

「ええい、もう、早く説明しなさいよ！　何がどうなってるの⁉」

「……ええとだな、要するに、俺は三人にパーティーを追放された」

「はあ⁉　なにそれ」「ええ？　なんですか、それ⁉」

素っ頓狂な声を上げる二人にアルバは苦笑する。

「順を追って説明しよう」

アルバはここに至る成り行きを説明した。話が進むに連れ、ラキアの眉尻はどんどんつり上がり、逆にモナの眉尻はどんどん下がってゆく。

「馬鹿だ馬鹿だとは思っていたけど、底抜けの馬鹿だったとはね！」

「一体全体、何を考えているのでしょう。嘆かわしいです」

「いや、まあ、何だ。俺にも反省の余地はある。そう責めてやるな」

予想どおりの反応を返す二人に、アルバは苦笑せざるを得ない。

「とりあえず、三馬鹿が帰ってきたら、とっちめてやる！」

ラキアが迷宮入り口の通路をにらみつけた。そろそろ三人が到着してもいい頃合いだ。

しかし、待てど暮らせど、三人は一向に姿を見せない。さすがに皆、不安になってくる。

「ちょっと……まずくない？」「大丈夫でしょうか」

「脇道にでも迷い込んだか？　上層階で後れを取る連中ではないはずだが。中層階にも敵の多い脇道はなかったはず。解除できていない罠も多いから、あるいは……」

アルバは荷物置き場から自分の背負い袋を見つけて、予備の装備を取りだし始めた。

「ちょっと、何のつもり!?」

「迎えにゆく。放っておくわけにもいくまい」

「いや、ちょ、無理でしょ。もう中層階の魔物も復活し始めてるから。あんた一人じゃ無理、無理！　ミイラ取りがミイラになるわよ！」

迷宮に入る支度を整えてゆくアルバに対し、ラキアが必死の形相で制止した。

アルバの単独行動を止めるべく、モナも思いつくままに言葉を発する。

「三人で行きましょう！　一人よりはマシです」

「駄目だ。斥候だからな、俺は。前衛役は務まらない。敵に見つかったら、前衛のいない魔術師と神官では消費の大きい守りの恩寵に頼るしかなくなる。俺一人なら、敵に見つからずに三人のところまでたどり着ける可能性が高い」

「でも、三人が怪我していた場合、私が必要では？」

「予備の魔法薬を全部持ってゆく。むしろ、ラキアやモナの身を守るために恩寵を消費してしまったら、いよいよ回復の手立てが足らなくなる可能性が高い。恩寵が残っているなら、魔法薬で回復した者が怪我人《けがにん》をここまで担いで帰ればいいだけだからな」

「それなら、街に戻って応援を！」

「今からじゃ、戻ってくるのに二日はかかる。手遅れになるのが落ちだ」

「そんな……」

装備を整え終えたアルバは、迷宮入り口に向かって歩きだす。

と、不意にアルバは振り返った。

その直後、荷物置き場の中心に据えてあった結界の要石が、何者かの接近を感知して甲高く鳴り響いた。

「何？　魔獣じゃないわよね？」

ラキアとモナが周囲の森を警戒する。

迷宮の近くは魔素が濃いため、魔獣が住み着きやすい。事実、この森にも多くの魔獣が徘徊している。

結界には魔獣避けの効果もあるため、ほとんどの魔獣は警報に引っかかる前に退散する。ただし、その効果はあくまで『魔獣が近づくのを嫌う』程度であり、絶対ではない。

一方で、魔獣が徘徊する森に分け入って冒険者に喧嘩《けんか》を売るような命知らずは、野盗や山賊、追い剝ぎの類であってもまずいない。

ほどなくして、下草を踏み分けながら、二つの人影が近づいてきた。ともに女性。身なりからして冒険者のようだ。

「おー、ついた。見つけたぞ【鷹の目】！」

先を歩く全身革鎧の女性が大きな声で呼びかけてきた。

燃えるような赤毛が、獅子《しし》のたてがみのように広がって揺れている。背が高く、手足も太く、肩幅も広い。それなのにゴツいというより、しなやかと表現した方が相応しく見えるのは、その腰が意外にほっそりしているからだろう。

後ろを歩く部分鎧《よろい》の女性は、まるで影の中に潜んでいるかのように存在感が薄い。赤毛の女性の存在感が強すぎるためか、彼女自身が赤毛の女性の影そのもののようにも見える。その影の中から、紫色の瞳だけが恐ろしく鋭利な光を放っている。

「「誰？」」

アルバ、モナ、ラキアの三人は、訳が分からないといった表情で、互いの顔を見た。どうやら、誰一人顔見知りではないらしい。

「吾《われ》はケイティ。こいつはユリシャ。冒険者だ。斥候が欲しい！」

「「はあ？」」

「ケイティ、意味通じてないから。わたしたちには斥候が必要。だからスカウト？ヘッドハンティング？しに来た。【鷹の目】の斥候に、ぜひ、パーティーに加わってほしい」

やたらと言葉足らずな赤獅子ケイティに、眼光鋭いユリシャが補足を加えた。どうやら彼女らはアルバを雇いたいらしい。

とはいえ、そのためにわざわざ街から半日かけて迷宮くんだりまでやってくるというのは、はっきり言って奇行である。好意的に取るなら、熱意の表れなのかもしれないが。

「まあ、【鷹の目】は追放になったし、別に構わんが、今は立て込んでて……」

「何⁉　お前が斥候か⁉　それで追放だと？　それじゃあソロというやつか‼　これは僥倖《ぎょうこう》‼　今からお前は吾のパーティーの斥候だ！」「ちょっ、なにあんた勝手に！　誰も追放してないから！　私が認めてない以上、追放もなしよ‼」「アルバさん、そんなあっさりと移籍なんて……私悲しいです」「なんで脱退じゃなくて追放？　え？　追放じゃない？　それじゃ、やっぱり脱退？」

皆が一斉に口を開くものだから、もはや大混乱である。

「ともかく‼」

普段からは想像もつかないような一喝で、アルバがその場を制した。

「俺は今から三人の救出に向かう。話は帰ってからだ」

「救出？　何の話だ？」

状況をまったく理解していないケイティとユリシャは首を傾《かし》げている。

そんな二人の姿を上から下へと見つめていたラキアは、ぽんと手を叩いて目を輝かせる。

「そうだ！　あなたたち、前衛でしょ？」

「ああ。見てのとおり、吾は戦斧《せんふ》、ユリシャは二刀を使う」

二人はそれぞれ自分の得物の柄を握り、少しだけ掲げてみせた。

「なら、緊急依頼よ！　今から私たちと一緒に迷宮に入って!!」

「「はい？」」

ラキアの思いつきを理解して、モナもぽんと手を叩く。

「なるほど！　前衛二人に魔術師に神官、斥候まで揃《そろ》えば、理想的な編成ですね。仮に前衛がへっぽこのポンコツだろうと、残り三人が優秀ならなんとかなります。これで三人を救出に行けますね、アルバさん!!」

「なんか今、吾等ひどい言われようをされなかったか？」

「ナチュラル？天然？にディスられ？」

アルバは、二人の体格や身のこなしを観察し、力量を推し量る。魔獣が徘徊するこの森を二人だけで平然と突っ切ってきたことからも、腕は確かだろう。

「ぶしつけな頼みだが、引き受けてくれると助かる。急いでいるから、詳しい話は道すがらになってしまうが」

「ふむ、何やらよく分からんが、斥候殿の頼みとあらば断れんな。手を貸そう」

「緊急性？の救出任務？了解した。冒険者ギルドは相互援助？が鉄則。断る理由はない」

「だが、吾等は迷宮攻略については初心者だ。問題はないか？」

「迷宮用装備?も準備してない」

腕を組んで難しい顔をするケイティ。ユリシャも少し不安そうな顔をしている。

てっきり迷宮攻略の経験があると踏んでいたアルバは、少し意外そうな顔をする。

「そうなのか? ……いや、問題ない。迷宮といっても、攻略済みの行程だ。足らない部分はこちらで補う。装備も予備がある」

「なら構わん」

「よっし! なら決まりね。ちょっと待って。今装備を整えるから!!」

「大変、大変!」

ラキアとモナが大急ぎで荷物から装備を引っ張りだし始めた。

「迷宮内では斥候の俺が先を行く。俺が指示したら、その場に待機して前に進まないこと。それだけは守ってくれ。あと、解除できていない罠には蛍光塗料で目印が付けてある。その場所には、触れない、近づかないが原則だ。目印については道中説明する。戦闘になったら、敵を後衛に近づかせないことだけ気をつけてくれ。こちらの後衛は――」

準備が整うまでの間、アルバは迷宮に入るための事前知識を二人に伝えるのだった。

5. 前衛三人組は死を覚悟する

「「「あっ!」」」「ギョッ?」

その瞬間、三馬鹿はゴブリンと見つめ合っていた。

そこは広めの直線の通路で、照明が等間隔に並んでいる。その照明の光の中に、ひょっこりとゴブリンが出てきたのだ。

「ギャギョギュギョァー」

奇妙な叫び声を上げるゴブリンを三人は呆然とながめている。彼らは、このように叫ぶゴブリンを見るのが初めてだった。

やがて通路の奥が騒がしくなり、数匹のゴブリンが闇の中から姿を現した。

「この程度の数、どうということはねぇ！」

三人は各々の得物を構えた。

だが、襲ってくるかと思われたゴブリンの群れは、なぜか距離を取って、それ以上は近づいてくる気配がない。

「何だ？」

不審に思った瞬間、何かがデュンケルの頬をかすめてゆく。

「弓か！」

どうやらゴブリンたちの背後の闇の中に、弓を持ったゴブリンが何匹か控えているようだ。

ここは照明のついた直線の通路で、天井も十分に高い。三人は自分たちが射的の的になっていることに気づいた。

「ちっ。突撃！」

大盾を構えたガウスを先頭に、三人はゴブリンの群れへと突進する。

三人の認識では、ゴブリンの弓兵は大した脅威ではない。

小柄なゴブリンが使う短弓は、そもそも威力に乏しい。その上、腕が悪いのか、手入れが悪いのか、矢は的外れな方向へかっ飛んでゆくか、ヘロヘロと低速で飛んでくるのが常だ。たとえ鎧のない場所に食らったとしても、服越しであればかすり傷程度で済む。だが、近づかないことには、そのかすり傷がどんどん増えてゆくのだ。

三人の突進に対し、八匹ほどのゴブリンが槍を構えて横一列に並んだ。それは訓練を積んだ兵士のような、統率の取れた動きだった。

さすがに槍衾《やりぶすま》へ突撃するわけにもいかず、三人はたたらを踏む。

そこへ、狙いすましたかのごとく、何本もの矢が飛来した。いつものヘロヘロの矢ではなく、明らかな殺傷能力を伴った矢の雨だ。

デュンケルは、先程、頬をかすめていった矢の速度も、その正確な狙いも、けして偶然ではなかったことに気づいた。

「こいつら全部、変異体なのか⁉」

ガウスが大盾で矢を防ぎ、残る二人はガウスの陰に入って矢をやり過ごす。

飛来する矢が途切れるのを見計らって、デュンケルは盾の陰から飛びだした。

だが、それを待ち構えていたかのように、ゴブリンの槍が迫ってきた。その槍を退いてかわし、槍の隙間からゴブリンを突き殺そうと一歩踏みだす。

だが、槍持ちゴブリンたちはすでに大きく後退していた。ならば、とデュンケルが詰め寄ろうとした瞬間、再び矢が飛来する。

堪《たま》らず、デュンケルは再び盾の陰に逃げ込んだ。

フォルクもデュンケルと同じく、ゴブリンを一匹も仕留められないまま、再び盾の陰に逃げ込んでくる。その目は驚愕《きょうがく》で見開かれている。

「ちょっ、マジ？　何だこいつら！」

彼らは、いまだかつて、ここまで統率の取れたゴブリンの群れと戦ったことはなかった。それに、ここまで強力な矢を放ってくるゴブリンとも遭遇したことはない。

「ぐぁっ‼　足を……！」

ガウスの悲痛な叫びが響いた。

見れば、ガウスは足に槍の一撃を食らっていた。大盾の陰から近づいたゴブリンが、盾と地面の隙間から槍をねじ込んだのだ。強すぎる矢の威力に気を取られ、ゴブリンの接近に気づけなかったのだろう。

「こ、後退だ……」

「ええっ！」

「後ろに脇道があった。そこに入れば、矢は防げる。ガウスに肩を貸せ！」

「りょ、あい！」

あまりの事態に、フォルクもろれつが回っていない。

大盾を構えたまま、おぼつかない足取りのガウスを、フォルクが引きずってゆく。デュンケルはフォルクの前に出て槍を振り回し、矢を弾く。

三人と距離を合わせるようにゴブリンが前進する。突撃してこないゴブリンに違和感を覚えながらも、デュンケルはこれ幸いと後退を続ける。

三人は、ほうほうの体で脇道へと入った。足に深手を負ったガウス。後退中に防ぎきれなかった矢で傷だらけのデュンケルとフォルク。三人とも肩で息をして満身創痍《そうい》である。

曲がり角に矢が当たる音が数回響いた後、矢の飛来が収まった。

ここまで来れば通路も狭まっている。脇道の入り口で槍兵《そうへい》を押し留《とど》めさえすれば、その後ろから矢を射掛けられる心配はない。

デュンケルは安心感で腰砕けになり、後ろに数歩よろめいた。

その瞬間——

「駄目だ！　デュンケル！」

フォルクの叫び声とともに、デュンケルは何かを踏み込んだ感触を覚えた。

足元に視線を落とすと、床にでかでかと蛍光塗料で注意喚起の目印が描かれている。デュンケルは目印を見落とし、自らが『間抜けじゃなきゃ引っかからない』と断じた罠のパネルを踏み込んだのだ。

見る見る間に、壁の隙間からピンク色の煙が湧き出てくる。

「吸うな！」

そう叫んで袖口で鼻と口を覆うが、すでに息が上がっている状態で、呼吸を止め続けられるわけもない。

口の中で甘ったるい味がした。

「がっ、げぇ」「げほ、げほ」「ぐ……がぁ！」

三人の手から次々と得物が離れ、音を立てて床に落ちる。間違いなく麻痺《まひ》毒だ。

ゴブリンたちは脇道の外から遠巻きにこちらを見ている。その顔は嘲笑で歪《ゆが》んでいる。

おそらく奴らは麻痺毒のことを知っている。だからこそ、こちらが完全に動けなくなるまで、近づく素振りを見せないのだ。

信じ難《がた》いが、ゴブリンたちはわざと自分たちをこの場所に追い立てたのかもしれない。その思いつきにデュンケルは歯ぎしりした。

やがて、三人とも膝をつき、床に崩れ落ちた。もはや生ける屍《しかばね》だ。

毒の煙の中をゴブリンたちが近づいてくる。

デュンケルは死を覚悟した。

だが、ゴブリンたちは三人に止めを刺さなかった。残忍な笑みを浮かべながら、槍の穂先で執拗《しつよう》に三人の体を小突いてくる。

いつだったか知り合いの冒険者が『ゴブリンは底意地が悪い』と言っていたのをデュンケルは思い出した。ゴブリンたちは三人をいたぶって遊んでいるのだ。おそらく麻痺が解けても失血で動けない程度まで、時間をかけて傷つけるつもりなのだろう。

どうしてこんなことになったのか。どこから間違っていたのか。この状況は、単に不運が重なっただけなのか？　もし、ここにアルバがいたら、この状況は回避できたのだろうか？　それとも、この状況すらアルバが仕掛けた卑劣な謀略なのか？

絶望の中でデュンケルの思考は空回りを続けた。

6．斥候は過大評価される

迷宮の中を進むアルバとその一行。

足早に歩を進めるが、決してスタミナを消耗するような速度は出さない。何が起きるか分からないのが迷宮だ。救出に向かう側が、いざという時に疲れて走れなかったら本末転倒である。

普段は一人先行するアルバだが、今回はパーティーの先頭を歩いている。罠や道の確認は最初の攻略時に、【シーカー】の排除は帰路で済ませたため、先行して行うべき仕事がないのだ。

アルバは道案内がてら、前衛の二人に迷宮での注意事項を伝達した。

それがあらかた終わると、今回の【鷹の目】の事情も大まかに説明する。ケイティとユリシャの二人は、さもありなんと、しきりにうなずいている。

「斥候の重要性を理解せんとは。少し前までの吾等と同じだ。耳が痛い」

そして、聞いてもいないのに、今度はケイティとユリシャの事情を説明しだす。

二人は冒険者を始める前には名のある師匠に師事しており、腕には相当に自信があったらしい。

ところが、冒険者を始めてみるとなかなかうまくいかない。迷宮攻略どころか、魔獣狩りで行き詰まる始末だ。それで、酒場で知り合った古株の冒険者に相談してみたそうだ。

「で、伝説のおっちゃん曰《いわ》く、斥候が戦力は九割で……」

「自称・伝説の冒険者曰く『パーティー戦力の九割は斥候が担っている』」

「そう、それだ！」

ケイティの話をユリシャが引き継ぎ、満面の笑みで相槌《あいづち》を打つケイティ。

「いや、さすがにそれはないだろう」「いくらなんでも九割はないわー」「え？　逆の一割じゃないんですか？」

自身の戦闘力の低さを実感しているアルバは、ユリシャの語る斥候への評価に困惑した。モナの辛口評価の方が的を射ていると思える。

「いや、それが実に理にかなっててな。奇襲は三倍で……三分の一の九倍？　だから……ええと……」

数字が絡むと途端に歯切れが悪くなるケイティに代わって、ユリシャが話を始める。

「基本、奇襲は三倍の戦力差を埋める。例えば、こちらが一人の時。先制攻撃で敵一人を無力化。混乱から立ち直る前にさらに一人を無力化。結果、三人目と一対一」

左手に一本指を立て、右手に立てた三本指を一本ずつ折り曲げてゆくユリシャ。最後に残った一本指同士を交差させた。

「……そうなの？」

「俺に聞くな。まあ、なくはないが……」

「奇襲三倍則。ふむふむ、勉強になります！」

「おほん！」と、わざとらしい咳払《せきばら》いで私語をやめさせ、ユリシャが続ける。

「斥候がいると、こっちの奇襲が成功して戦力三倍。斥候がいないと、相手の奇襲が成功して戦力三分の一。つまり、斥候のありなしで、戦力は九倍の変化。九の内の八が斥候のおかげ。故に戦力の九割が斥候。すごい！　すごくね？」

「九分の八は……大体八割九分か。あれ？　本当に九割がた斥候のおかげじゃん」

ラキアは納得したらしい。魔術師は理屈やら計算やらに傾倒しがちだ。

「そんなわけで、吾等は斥候を欲したが、一向に得られん」

「斥候は貴重。しかもソロ？はいない。そんで、パーティーも移籍したがらない」

「それは、まあ……」

アルバは曖昧に答えた。

実際、斥候職は貴重だ。なんだかんだで身につけるべき技能が多く、なかなかモノにならない。

そして、戦闘力の低い斥候職が一人で活動することは、ほぼない。例外は、魔物が一匹もいない、いわゆる【死んだ迷宮】専門の冒険者。昔の言葉で言う【盗掘】を生業とする者のみだ。

しかも役割が他の職種と違いすぎて、今回の騒動のようにパーティー内で軋轢《あつれき》を生みやすい。現在所属しているパーティーで問題なく活動できているなら、おいそれと移籍はしないだろう。

「それで、どうしてアルバさんに行き着いたのですか？　どなたかの紹介かしら？」

モナが素直な疑問を投げかけた。

言っては何だが、アルバは目立つ存在ではない。というか、目立ったり、自身の功績が表立つことはあえて避けている。今回の騒動も元をたどれば、アルバが三馬鹿に自分の貢献度をアピールしていなかったことが原因のひとつとも言える。

「うむ。駆け出しのパーティーなら勧誘の余地ありだと判断した。短期間でランクを伸ばしている一番のパーティーが【鷹の目】だ。だから吾は【鷹の目】に会いに来た」

「アルバさんに会いに来た、ではなく？」

「【鷹の目】が一番なら、そこに一番の斥候がいるのが道理だ。なにしろ斥候が九割だからな！」

自分の思いつきをドヤ顔で披露するケイティ。

どうもケイティの中で斥候幻想が肥大化しているようだ、とアルバは感じた。買《か》い被《かぶ》られたままでケイティのパーティーに参入しても、苦労する未来しか見えてこない。

ここはひとつ、ケイティの斥候幻想を訂正しておこう、とアルバが口を開きかけた、その時——

「血の匂い。この先」

ユリシャが呟き、その直後に強烈な血の匂いが漂い始めた。

すでに一度、この行程を経ているラキアがアルバに尋ねる。

「この先の広間にゴブリンの群れがいるはずよね？」

「戦闘の必要はない。すでに全滅しているはずだ」

「全滅？」

ラキアが怪訝《けげん》な表情を浮かべた。

狭い通路を抜け、一行は広間に出た。

さして広くない広間の中には、二十四ほどのゴブリンの死体がひしめいている。

アルバは【辛子玉】の微粉が残っていることを懸念したが、どうやら杞憂《きゆう》のようだ。見れば、床はゴブリンの血と、薄《う》っすらと湧きだし始めたスライムで湿っている。これなら、床に落ちた微粉が再び舞うことはないだろう。

ちなみに、スライムは【生きている迷宮】に備わった機能のひとつであり、魔物の死骸を分解する清掃係だ。稀に、魔物の死骸から【魔核】を取り込んで魔物化することもあるが、基本的には無害である。

「ちょっと、アルバ。これってあんたが全部殺《や》ったってことで、間違いない？」

ここまでの行程に脇道はひとつもない。これが行方不明の三人の仕業なら、もう彼らに出会っていなければおかしい。必然的に、これをなしうるのはアルバしかいない。

「ほお、これを一人で。さすが一番の斥候だ。ますます欲しくなったぞ！」

ゴブリンの死体とアルバを見比べて、満面の笑みを浮かべるケイティ。

「いや、俺が全部殺ったわけじゃない。むしろ、ほとんどが同士討ちだ」

「同士討ち？　ゴブリンが？　聞いたことないぞ？」

ケイティが首を傾げた。ゴブリンは仲間内で喧嘩はしても、殺し合いまではしない。

「ああ。ちょっと特殊な方法で、うまく同士討ちを起こさせた」

「？　あんたが幻惑系魔術を使うのは知ってるけど、この数の魔物を一度に操る魔術って……」

「いやいや、魔術じゃなくてだな」

　ラキアは、何かと魔術に関連付けたがる癖がある。自分のショボい魔術を過大評価されそうになって、アルバは慌てて否定した。

「魔術でないなら、何だって言うのよ？」

「うむ、吾も興味があるな」

「秘技？　スキル？　ギフト？　異能？　超能力？　必殺技？　チート？」

「ちゃうわ！」

　約一名とんでもない方向に過大評価を始めたため、思わずアルバも言葉が乱れた。

「皆さん、追及しては駄目ですよ。これはアルバさんの『取って置き』に違いありません。そういうものは、仲間であっても隠しておくものです」

「「「おーなるほど」」」

　アルバとしては別に【辛子玉】について説明してもよかったのだが、皆がモナの言葉に納得してしまったため、言いだす機会を逸してしまった。

「ところで、この部屋、なんか埃《ほこり》っぽくない？　鼻がムズムズする」

「確かに吾も……くちゅん！」

「へくちぇ！」

「私は、なぜか涙が……」

「長居は無用だ……先を急ごう」

なんとなく、話を濁してしまうアルバだった。

7．即席パーティーは三馬鹿を見つける

「そういうわけで、【シーカー】さえ始末すれば、ここは素通りだ」

「なるほど」「ふむふむ」

「あと、そこの罠だが――」

道すがら、アルバは自分の仕事をケイティとユリシャに説明していた。二人が抱いている斥候幻想を打ち砕くためには、正しく斥候の仕事を理解してもらうのが一番だと思えたからだ。

現実問題として、三馬鹿を無事救出できたとしても、アルバが【鷹の目】に復帰するのは難しいだろう。なにより、アルバ自身があの三馬鹿と再び組むのはお断りだ。

ならば、アルバがこの二人と組むという未来も現実味を帯びる。事前にこちらの仕事を知っていてもらうに越したことはない。

なにより、こういった説明を三馬鹿にしてこなかったことが、今回の事態を招いた一因と言える。反省もしようというものだ。

「いやはや。なるほど。大したものだ」

ケイティからは感嘆の声がしきりに上がっている。

その感心の内容が、戦力九割の幻想から現実的な斥候の重要性へと変化していることをアルバは願うばかりだ。本来、自分の功績を自慢するような行為はアルバの苦手とするところだ。それをわざわざやっているのだから、結果が伴わなくては堪らない。


そうこうしている内に、一行は広めの通路が直角に曲がった場所に差しかかった。

「この先に【シーカー】が一匹残っている可能性がある。合図するまで、ここで待機」

「分かったわ」「はい」「心得た」「ラッジャ？・」

アルバは【消音】と【迷彩】を発動し、通路の照明を避けて、壁伝いに素早く移動を開始する。

「ほう……」と背後でケイティの感嘆が聞こえた。距離からして、彼女の目からアルバの姿が消える頃合いだ。

【シーカー】に出会うことなく、アルバは角の窪地が見渡せる距離まで到達した。

窪地にゴブリンは一匹もいなかった。嫌な予感しかしない。

その時、曲がり角の先から聞こえてきたゴブリンの声に、アルバの背筋が凍った。その嘲笑には聞き覚えがあった。抵抗できない相手をいたぶる時に、決まって発する声だ。

アルバは【迷彩】を解除した。ラキアなら【暗視】でアルバの姿が見えたはずだ。

パーティー全員での突撃を手で合図し、後方の四人が動くのも確認しないまま、アルバは全力で走りだした。

角を曲がり、通路の先で照明に浮かび上がるゴブリンの姿を確認する。弓兵が七匹、こちらに背を向け、完全に油断している。

アルバは一番端のゴブリンへ走り寄り、背後から首筋を斬りつけた。さらに、二匹目のゴブリンも首を掻っ切る。

残りのゴブリンが異変に気づいてアルバに向き直るが、事態が飲み込めずに呆然と突っ立っている。今なら、ただの的だ。

アルバは両手で交互に投剣を抜きつつ四連続で投射する。狙いは喉元。

「ギャ！」「グギョ!?」「ゲギャ!!」

三匹のゴブリンが喉を傷つけられ、倒れた。

だが、最後の一匹は投剣に反応して身を捻《ひね》った。投剣は喉元を外れて肩口を傷つける。致命傷には程遠いが弓の威力は削《そ》いだ。

肩を負傷したゴブリンと無傷のゴブリンの二匹が矢を番《つが》える。しかし、ゴブリンが狙いを定めるより早く、アルバは横方向へと移動を開始していた。

ゴブリンの弓は中距離では侮れないが、それでも動いている的にそうそう当たるものではない。立ち止まった瞬間を狙われない限りは、脅威ではないのだ。

一匹のゴブリンが焦って、狙いもそこそこに矢を放った。当然、その矢はアルバを外れて飛んでゆく。

「後は任せて？」

その声がアルバに届いた瞬間、二つの首が宙を舞った。驚異的な速度で追いついてきたユリシャの二刀が、ほぼ同時に、アルバを狙う二匹の弓兵ゴブリンの首を刈ったのだ。

ユリシャはそのまま、通路の先にたむろしているゴブリンの群れへと突っ込んでゆく。目にも留まらぬ速さだ。

ゴブリンたちは、背後からの予想外の襲撃に、完全に浮足立っている。

「こら！　吾の分も、残せ！」

さらに追いついてきたケイティが、アルバの横を通り過ぎて、ゴブリンの群れへと突っ込む。

ゴブリンの群れは二人に任せ、アルバは喉を傷つけられて悶絶している弓兵ゴブリン三匹に止めを刺した。

「出番はなさそうね。あの二人、速すぎ……」

後衛の二人も合流する。ラキアは肩で息をしているが、モナは見た目と違い体力があるので、息は上がっていない。

「怪我人だ！」「結構、まずいかも。三人とも息はある。けど重傷？　満身創痍？」

「すぐに行きます！」

ケイティとユリシャの声が通路の奥から響き、モナが慌てて駆けだした。

ラキアは【照明】の魔術を奥の天井へと放った。ゴブリンの死骸の中に立つケイティと、脇道へ通じる穴をのぞき込むユリシャの姿が闇の中に浮かび上がる。

ゴブリンを始末し終えたアルバも、怪我人の元へと向かう。

脇道の奥から、淡い光が漏れてくる。モナが使える中で最も高度な恩寵のひとつ【光の癒やし】を使ったようだ。光を浴びた味方全員の傷を癒やし、体力や失った血までも回復させる冗談みたいな効果の恩寵である。

　魔術師のラキアに言わせれば『恩寵はデタラメすぎる』力だそうだ。さすがは『神の御業《みわざ》』といったところか。

　それに比べて、魔術は単純な機能しか持たない魔法陣を組み合わせて行使するため、複雑な効果を得るのは難しい。例えば、治療に関しては『自然治癒の速度を高める』程度が関の山だという。

　また、恩寵はあくまで神が起こす奇跡であり、神官が一日に行使できる恩寵の総量は、言うなれば神からの評価点に過ぎない。それ故に、神の慈悲にすがれば、ある程度は融通が利く。

　具体的には、一日の総量を超えて恩寵を行使することも可能だ。ただし、超過分は翌日の恩寵から差し引かれ、さらに数日は一日の恩寵の総量が減ってしまう。下世話な話に例えるなら、日当を前借りすると、査定が下がって日当自体が減額されるようなものだ。

　実は【光の癒やし】はモナが一日で行使できる総量を軽く超える恩寵である。ペナルティを覚悟でそれを使ったということは、それだけ三人の傷が深かったということだ。

　アルバが脇道をのぞくと、床に転がっている三馬鹿の姿が見えた。

【光の癒やし】には【清め】の効果もあるようで、三人とも傷どころか血の跡すらない。幸いなことに、身体の欠損もないようだ。ただし、服や鎧はズタボロで、槍で浅めに何度も刺されたことがうかがい知れる。

「そこに罠がある。踏まないように気をつけてくれ。塗料も汚れと見なされるんだな。目印が消えてしまっている」

アルバは床に見覚えのある罠のタイルを見つけると、皆に注意を促した。

「こいつを踏んでしまったんだろう。ここの隙間から毒が噴出する罠だな。そうでなければ、この程度の数に後れを取る奴らじゃない」

「そうかしら？　普通に負けて、この場所に追い詰められただけじゃない？」

ラキアが、意識のない三人を路上のゴミに向けるような目つきで見下ろしている。普段はあまり見せないが、こういう時の顔は、ゾクリとするほど冷徹に見える。

「絶対、なめてかかってたに違いないわ。だって、こいつら、奇襲による三倍戦力での戦いが当たり前になってたのよ？　見通しが悪い場所なら、アルバが見張りを倒してからの奇襲。見通せる場所なら、アルバが指示した位置に私が一発かましてからの突撃。奇襲もクソもない大物相手には、モナの強化支援があったし」

「だというのに、アルバさんを追放した。それはつまり、奇襲の効果をまったく理解していなかった、って証拠ですものねぇ」

モナがラキアに同調した。

アルバは、ラキアの言葉に対して反論が思い浮かばない。

三人のおかげで随分楽をさせてもらった自覚があるアルバだが、もしかしたら、楽をしていたのはお互い様だったのかもしれない。

「ま、いいわ。どっちにしろ、ギッタンギッタンにするのは決定事項だから。ほら、馬鹿ども起きなさい！」

人差し指を立て、いつの間にか頭上に水の玉を集めていたラキアは、その指を三人めがけて振り下ろすのであった。

8．三馬鹿は打ちひしがれる

「助かったのか、俺たち……」

デュンケルは、いまだショックから立ち直れずにいた。

床に座り込んだまま、脇にいるフォルク、ガウスと互いに視線を交わす。二人とも、茫然《ぼうぜん》自失《じしつ》といった様子だ。

先程から体がガタガタと震えるのは、目覚めるとびしょ濡《ぬ》れになっていたせいか、尻の下のひんやりとした石の床のせいか、それとも、先程まで味わっていた恐怖のせいか。

耳の奥には、いまだゴブリンたちの嘲笑が響いているようだ。

「さて、あんたたち、危ないところを助けてもらって、まず言うことがあるでしょ？　それと、そっちの二人はケイティとユリシャ。通りすがりのところを協力してくれた冒険者よ」

顔を上げれば、仁王立ちで腕を組んだラキアが、こちらをにらみ、凄《すご》んでいる。その隣には満面の笑みを浮かべたモナ。

ゾクリ、とひときわ強く寒気が襲ってくる。どちらかと言えば、モナの笑顔の方が怖い。

二人の後ろには、鎧姿の赤毛の女と、その陰に隠れるように眼光の鋭い女がもう一人。

そして、視界に入れただけで胸糞《むなくそ》が悪くなる男が一人。

「う……。手間をかけて、すまなかったな、モナ、ラキア。そちらの二人も……助力を感謝する」

デュンケルは努めて平静を装い、いつもの口調を心がけた。

「ああん？　謝るべき人間が、あと一人、足りていないようだけど？」

ドスの利いた声でラキアが詰め寄った。

あと一人が誰を指すのかはすぐに分かった。その瞬間、デュンケルの頭にカッと血が昇る。

「なっ！　元はと言えば、そいつのせいで!!」

思考するよりも先に、悪態が口をついて出た。

「はぁ？　アルバが何したって言うのさ？」

「いや、だから、そいつが……そいつがまともな斥候なら、そもそもこんなことにはならなかったんだ！」

ほとんど思いつきで言葉を並べ、その言葉に自分で納得する。

「そいつがまともなら、四人で戻れた。四人で戦えば、あんな数のゴブリンどもに後れは取らなかった！」

導きだした結論に、嬉《うれ》しさがこみ上げた。そうだ、悪いのはアルバだ。俺たちがあんなひどい目に遭ったのだって、アルバが悪いのだ。俺たちがしくじったわけじゃない。

「……ラキアさん、私切れそうです」

笑顔のまま、いたって平静な声でモナが言った。周囲の温度が下がった気がした。

「モナ、我慢して。こっちは逆に冷めたわ。ええ。冷めきったわ」

デュンケルに向けられたラキアの視線は、どう見ても仲間に向けるものではない。

ああ、この二人はどこまでアルバに騙《だま》されているのだろうか、とデュンケルは絶望的な気分になった。

「それじゃあ聞くけど、アルバのどこがまともじゃないって言うのよ」

「そいつは戦闘にまったく参加しないじゃないか！　ケストのところのアーガスも、バウルのところのシトラも、他のパーティーの斥候は、みんな戦闘に参加しているっていうのに‼」

ケストもバウルも、若手パーティーのリーダーを務める男である。パーティーのリーダー同士で愚痴を聞き合う飲み友達、とデュンケルは認識している。

実際には、二人は自分のパーティーに不満はないらしく、愚痴を垂れ流すのはデュンケル一人だ。冒険者の花形である迷宮攻略に手が届いているパーティーは若手の中では【鷹の目】だけなので、事実上、デュンケルの苦労自慢である。

「……アーガスさんって確か、アルバさんのところにお勉強に来ている人ですよね？」

「ああ。アーガスの専門は狩人《かりゅうど》だ。魔獣狩りでは斥候もしていたが、迷宮攻略を前にパーティーから本格的な斥候職への転向を求められてな。俺が罠の発見と解除、宝箱の解錠を教えている」

モナに返答したアルバの言葉に、デュンケルは呆《あき》れた。この男は息をするように嘘《うそ》を吐く。

「はっ！　嘘をつくな！　アーガスは罠のエキスパートだと聞いたぞ！」

「罠は罠でも、動物用の罠を仕掛ける方のエキスパートだ。狩人だからな、奴は。魔獣狩りでは重宝するだろうが、迷宮の罠についての知識はない」

「！　そ……そんなものは覚えればいいだけだろ！　罠と解錠ができるようになれば、弓が使える分、お前よりマシだ！」

アルバの思わぬ言葉に混乱し、デュンケルはロクに考えもせずに反論した。そしてすぐに、自分の迂闊《うかつ》さに気づく。そうアルバは『弓が使えない』わけではない。

「弓矢を荷物に加えていいなら、俺も弓で戦えると、以前に言ったはずだが？」

「弓ぐらい自分で持てよぅ！」

フォルクが怒鳴った。弓矢を荷物に加えることを拒んだのはフォルクだ。

「弓を背中に担いだ状態で、狭い隙間や壁際の暗闇を移動しろと？　音を立てやすい矢筒を腰に下げて、物陰に敵が潜んでいるかもしれない場所を進めと？　迷宮での斥候はわずかな音が命取りだ。【消音】を常時発動できる魔力があるなら別だがな。アーガスも悩んでいたよ。奴は魔力がほとんどないからな。【暗視】も使えない射手は迷宮では足手まといだ。斥候としても、真昼の森の中、弓の射程までしか近づかない程度の隠密術では役に立たない」

いつになく饒舌《じょうぜつ》なアルバに、デュンケルは驚く。アルバがここまで長く語るのを聞いたのは初めてかもしれない。

デュンケルにはアルバの話が理解できなかった。アルバの話は間違っているに違いない。だが、どこが間違っているのかが分からない。

「ちなみに、【暗視】と【消音】の常時同時発動なんて私でもキツいから。【消音】って、魔術なしで足音消せるくらいじゃないと、びっくりするくらい魔力を持っていかれるのよね」

魔術のことになると口を挟まずにはいられないラキアである。

旗色が悪いと感じたデュンケルは、苦し紛れに話題を変える。

「……シトラって奴は、パーティーで一番多く敵を殺すって聞いたぞ」

「そいつなら俺も知っている。魔力持ちだし、あれはいい斥候になる。おそらく俺以上のな。迷宮独自の罠や鍵に関しては素人だが、防犯設備を突破する知識が下地になるから、すぐに習得できる。隠密技能も完璧だ。背後から近づいて、敵の首を掻《か》き切れる」

「そらみろ！　そいつが、敵をたくさん倒せるっていうなら――」

「奴の本職は暗殺者だ。奴のいるパーティーは山賊狩りがメインだろう？　前の晩にアジトに侵入して、水瓶《みずがめ》に遅効性の毒を仕込むらしい。そりゃ、間違いなく一番の戦果だ。だが、魔物は飲み食いはしないし、そもそも、毒はほとんど効かない。毒が効くなら、俺だって辛子なんか使わない」

魔物に毒が効かないのは有名な話だ。なんでも魔物本来の住処《すみか》である魔界は毒にまみれた世界で、魔物はおしなべて毒に耐性があるらしい。

それはいいとして――

「辛子？」「辛子って何？」

アルバを除く全員が分からず怪訝な表情を浮かべている。

「いや、まあ、なんだ、それはいいとして。奴が迷宮にいどむなら、俺と同じく、不意打ちで魔物を一匹ずつ排除する方法になるだろう。暗殺者は正面から斬り合う技は持っていないし、弓も弩《いしゆみ》で止まっている的を遠距離から狙撃するのが基本だ。集団戦ではあまり活躍できまい」

デュンケルは言葉が出ない。当たり前だと思っていた、戦闘にも参加できる斥候という存在が、霧の中へと霞《かす》んでゆく。

デュンケルの沈黙に焦ったのか、フォルクが代わりに声を上げる。

「そ……それじゃあ、斥候は敵を全然倒さなくても、いいって言うのかよ！」

「ちょっといい？　なんか、そもそもずれている気がすんだけれども――」

ラキアがこめかみを押さえながら言った。

「あんたたち、【シーカー】狩りを全部アルバに任せてるっていう自覚あんの？」

「【シーカー】？　何だそれ？」

「そこから!?」「あらあら、このお馬鹿さんたちはどうしましょう？」

ラキアが呆れ、モナが笑みを深くした。

「迷宮の中で、物陰とか暗がりに魔物の死体が転がっていることがあるでしょう？」

「ああ、あれか。魔物同士で殺し合ったのか、事故で死んだとか――」

「あれ【シーカー】だから。魔物たちの見回り役だから。全部アルバが先行して殺してるの。大体、時間が経った死体なら、スライムに分解されてるでしょうが」

「！　そんな……ゴブリンどころか、オークまで死んでいることがあったぞ」

「【シーカー】は群れる魔物ならどの種類にもいるわよ。あったりまえでしょ！」

「……そんな、アルバがオークを一人で？」

「あんたたちだって、オークなら一対一で倒せるでしょ？　なんで背後から不意打ちできるアルバがオーク一匹倒せないと思うかな」

「まあ、不意打ちじゃなきゃオークは無理だけどな。おかげで隙を見つけるまで時間がかかる」

アルバが謙虚にもラキアの言葉に補足を加えた。

フォルクがその言葉に食ってかかる。

「時間……そうだよ、だから斥候にあんなに時間がかかってるんだろ！　それが無駄だっていうんだ。その【シーカー】とやらも、みんなで倒せばいいじゃないか。誰も、こいつ一人に任せてなんてない！」

「あんた馬鹿なの？　先に【シーカー】に気づかれたら、叫ばれて敵の群れにこちらの存在を気取られるのよ。迷宮の中に、敵を迎え撃つのに都合がいい地形がどれだけあると思ってんの！　迂回路を使われて挟み撃ちに遭いたいの？　直線の通路で槍衾越しに矢を射掛けられたいの？」

まさにラキアの言葉どおりの体験をした三人は、何も言い返せない。

三人の様子をジト目で見ていたラキアは、ふと思いついたように言った。

「あんたら、アルバが戦闘に参加してないとか言ってたけど、もしかして、弓兵を弱体化したり、側面に回った敵を足止めしていたのにも気づいてないとか？」

「は？」

「戦闘前、【光あれ】の恩寵で戦場を照らす前に、アルバが投剣を投げてることがあるでしょ？」

「ああ。あんな暗闇に投げても、牽制《けんせい》にすらならな――」

「アルバが常時【暗視】を発動してるの忘れた？　あの投剣で弓兵に傷を負わせているの。そりゃ、弓矢のように一撃必殺とはいかないけど、一瞬で数匹の弓兵を弱体化できるんだから、効率は弓矢以上かもよ」

デュンケルの脳裏に、苦汁を飲まされた先のゴブリンとの戦いがよみがえる。あの時の矢の正確さと威力は十分な脅威だった。そう、これまでの迷宮攻略では、ついぞ体験したことのない脅威だったのだ。

「あと、前衛のあんたたちからは見えないかもだけど、あんたたちの側面に敵が回ると、アルバが前に出てそいつらの気を引いたり、投剣で足止めとかしてたんだけど、それにも気づいていないわよね」

「なんだよ、それ。聞いてねえよ……」

フォルクがうなだれた。

終始黙って話を聞いていたガウスも気まずそうな顔をしている。

デュンケルは、『アルバが戦闘に参加せず、パーティーに寄生している』という自分の主張が、どうにも受け入れられそうにないことをようやく理解した。

9．神官論破

「分かったでしょ、あんたたち。とっととアルバに謝って、パーティー追放も取り消すのよ」

ラキアの言葉に、デュンケルはハッと顔を上げた。

アルバの追放を取り消す？　これからも奴とパーティーを組む？　ありえない。このまま奴の追放を取り下げたら、パーティーでの立場が悪くなるのはデュンケルたちの方だろう。そんなことは認められない。そんなことになったら、『詐欺師アルバ』の思うツボだ！

「いろいろ……その……誤解があったことは認めるが……そいつの追放は決定事項だ。当事者を除くメンバーの過半数が賛成したんだから、パーティーの決まりにも則《のっと》っている」

「あんたねぇ……いい加減にしなさいよ！　そんなこと言うなら、モナと私の二人で、あんたら三人を追放するわ。当事者を除く過半数で決まるなら、零対二で決定でしょ？　その上で、アルバを復帰させる」

「そんな馬鹿な話があるか！」

「いやいや、それは困るぞ！　斥候殿は吾のパーティーに参加するのだ！」

「ケイティさん、ここは控えて頂けませんか？」

話に割り込んできたケイティをモナが笑顔で制した。

「いや……だが、しかし、せっかく見つけた斥候……」

「大丈夫ですよ。もし三人を追放するなら、その後は、お二人と合流しますから」

「は？」

唖然《あぜん》とするケイティの横で、ユリシャがポン、と手のひらを打ち据えた。

ユリシャは前衛の三人、そして、アルバと後衛の二人を順々に指差しながら、ケイティの耳元で何かをささやく。

「ケイティ、ごしょごしょ……」

「ふむふむ……なるほど！　斥候だけではなく、後衛も手に入るわけか。それは上々！」

「しかも、パーティーランクも漏れなく付随？　お得？　お買い得？」

「待てこら！　何の話だ！　そりゃパーティー乗っ取りだろうが！」

デュンケルは話の内容をなんとなく察し、声を荒らげた。

「何よ、なんか文句ある？」

こちらもモナの意図を理解したのか、ラキアがニヤニヤと笑いながら言った。

「大ありだ！　そんなことが許されるわけないだろう！　……そうだ！　お前の言うようなことが可能なら、一人のメンバーが残り全員をいっぺんに追放できちまうだろうが！」

一度に複数のメンバーを追放できる、とすると間違いなく問題が生じる。例えば、六人パーティーで、一人が五人のメンバーの追放を宣言、五人を当事者として除いたら、一人で過半数だ。すぐにでもパーティー乗っ取りが成立してしまう。

「確かに、ラキアさんの言う方法には問題があります。三人いっぺんに、ではなく、一人ずつ追放にすべきですね」

意外にもデュンケルに加勢したのはモナだった。

神官には秩序の番人としての側面もある。断罪や調停は神殿の仕事なのだ。神官であるモナが、法の抜け穴を突くような行為を許容できるはずはない。【鷹の目】の現状に当てはめてみると、一人ずつの追放であれば、前衛三人の内の一人を追放しようとした時点で残る二人が反対に回るため、過半数は超えない。したがって、前衛の誰かを追放することはできない。これならば、デュンケルも納得だ。

「そうだ！　追放するなら一人ずつだ！」

「ですから、アルバさんが追放される時点にさかのぼり、私とラキアさん、アルバさんの三人で、デュンケルさんを追放いたします」

「は？」

ニッコリと微笑《ほほえ》んで、デュンケルの追放を宣言するモナ。

デュンケルはしばし言葉を失う。

「……いや、しかし、アルバはすでに追放済みだから……さかのぼるって、そんなんありか？」

「ありです。私もラキアさんも、アルバさんが追放される現場にいなかったのですから、そこからのやり直しを要求します」

「だが、しかし……こちらが先にアルバを追放したんだから……」

「あら。でしたら、私たちがデュンケルさんを追放したのは、実は昨晩のことです、と言ったらどうします？」

「は？」

「ですから、アルバさんが追放されるより先に、私たちがデュンケルさんを追放していました、と言ったらどうします？」

「う、嘘だ。そんなわけあるか！」

デュンケルの言葉に、モナはニッコリと微笑むだけだ。

神官は嘘がつけない。正確には、相手のためにならない嘘をつくと神に嫌われ、行使できる恩寵の総量が減る、とされている。だからこそ、彼女は仮定の話に留めているのだ。

「なるほどね。デュンケル、あんたはアルバより先に私たちが追放していたの。あんたたちはその場にいなかったから、知らなかっただけでね」

嘘をつくことに呵責《かしゃく》がないのか、ラキアが平然と言い放った。

反論しても、どっちが先かの水掛け論になることは、デュンケルにも理解できた。

「ぐ……ぐぬぬ」

もはやデュンケルには、うなることしかできない。

「はい。そういうわけで、そちらがアルバさんを追放するなら、同時にデュンケルさんも追放です。そのまま両方が追放を繰り返したら、最後には誰もいなくなってしまいますよ？　どうします？　アルバさんの追放を取り消しますか？　どうしてもアルバさんと組みたくないということでしたら、残念ながら【鷹の目】を抜けてもらうしか選択肢がありませんが……」

「な……。ばかな！　なんで俺たちの方がパーティーを抜ける話になるんだ！」

モナの言い分は到底受け入れられるものではない。が、反論の足がかりが、デュンケルには見つけられない。

「そもそも、なんで俺が追放される！　俺は【鷹の目】のリーダーだぞ!?」

苦し紛れにデュンケルが叫んだ瞬間、場が凍りついた。

「はい？」

「……あんたが、いつ、【鷹の目】のリーダーになったって？」

魔界の地響きのような低い声で、ラキアがうなった。

「え？　何言ってるんだ？　俺がリーダーだろ？」

「そうね、確か、こう言ったことはあったわね。『前衛のリーダーは任せた』って」

「え？　前衛のリーダー？」

「パーティーの登録をした時、あんたらはパーティー名を決めた時点でどっかいっちゃって、ちゃんとリーダーを決められなかったのよね。それで、私とモナの二人で書類を書いたのよ。よく覚えてるわ」

前衛三人組の中でリーダーは常にデュンケルだった。同じ村の出身で、幼馴染《おさななじみ》でもある彼らにとって、それは幼少の頃からの『当たり前』だった。だから、アルバが加入する以前の五人の内、過半数を占める三人にとってのリーダーが、パーティーのリーダーになることは必然だった。

デュンケルは当時の記憶を手繰り寄せる。確かに、ラキアとモナを交えてリーダーを決定したという記憶がない。

「私も覚えています。冒険者ギルドの受付さんに、まだリーダーは決めてないって言ったら、『後で変更できるから、とりあえず一番身元がはっきりしている人の名前を書いておいて』って言われまして」

「で、モナの名前を書いたの。モナは神殿にも籍を置いているから、これ以上の身元保証はないってね。それっきり、リーダーの変更はしていないわ。だから、今も、書類上の【鷹の目】のリーダーは、モナよ」

「……嘘、だろ？」

デュンケルは、今まで自分が勘違いをしていた事実を受け止めきれない。今まで、どれくらいの人に自分がリーダーだと吹聴しただろうか？

「リーダーの話で思い出しました。確かギルドの規約では、パーティー内の話し合いで意見が半々に分かれた場合、決定権はリーダーに委ねられるそうです。それと、一度解散したパーティーでも、リーダーを含む半数以上のメンバーが再結集すれば、解散前の実績や資産を受け継げる決まりです」

「へぇ。それってつまり……リーダーのモナと私とアルバ、この三人でパーティーの解散を決定して、即、再結成すれば……」

「書類上は、私とラキアさんとアルバさんの三人で、新生【鷹の目】の誕生ですね」

「アルバも、それでいい？」

当事者でありながら、いつの間にか蚊帳の外だったアルバに、突然ラキアが話を振った。

アルバは一瞬だけ戸惑った様子を見せたが、すぐにラキアとモナに話を合わせることに決めたようだ。

「……パーティーは信頼関係が重要だ。互いの命を預け合うのだからな。俺から言えることは、もうそこの三人とは組めない、ということだけだ」

「じゃ、オッケーね。で、そうなると前衛職を絶賛募集中、という流れになるわけだけども、二人はどう？」

ラキアがケイティとユリシャに尋ねた。

「もちろん吾に異存はない。合流しよう」「しくよろ？」

「おいおい、デュンケル、どういうことだよ、訳分かんねーよ。なんだよ、これ」

いつの間にか自分たちが追放される側になっていて、すでに後釜の前衛まで用意されている状況に理解が追いつかず、慌てまくるフォルク。

ガウスは考え込むように沈黙を続けている。

その時になって、デュンケルは切り札を思い出した。そう、アルバに言いくるめられているだろう二人を正気に戻すための言葉を。

「二人とも、本当にそれでいいのか？　そいつが、前にいた街でなんて呼ばれていたか知ってるのか？　『詐欺師』だ。『詐欺師のアルバ』って呼ばれていたんだぞ」

「？　は？」「詐欺師？」

ラキアとモナの表情が消える。どう反応していいのか分からない、といった顔だ。

皆が沈黙する。どことなく、白けた雰囲気が漂う。

沈黙を破ったのは、ユリシャだった。

「……『虐殺者ケイティ』『壊し屋ケイティ』『お尋ね者ケイティ』『債務者ケイティ』」

ユリシャはケイティをつつきながら、くっくっくっと笑った。

不機嫌そうにケイティがユリシャに言い返す。

「『死神ユリシャ』『凶眼のユリシャ』『実体なきユリシャ』『亡霊のユリシャ』。『うろ覚えのユリシャ』なんてのもあったな。なんでユリシャには犯罪者風の通り名がない。吾が犯罪者ヅラしてるとでも言うのか？」

「わたしの方は人間やめてます系?だし。犯罪者とどっちがまし？」

「だが、何というか、ユリシャの通り名は格好がいい気がする」

「『赤獅子ケイティ』はかっけー?じゃん。二人合わせてなら、『歩く破城槌《はじょうつい》』『死の暴風雨』『血《ち》塗《まみ》れの鬼姫』もかっけーし。あ、わたし『殺戮《さつりく》の天使』が好き！」

「やめろ、こっ恥ずかしい」

ケイティとユリシャのやり取りを聞いて、ラキアは肩をすくめる。

「ま、通り名なんてそんなものよね。はあ、バカらしい。あんた、今日から『見当外れのデュンケル』でいい？」

「なっ……」

デュンケルの思考はもはや停止していた。何もかもが空回りだ。これ以上、何を言えばいいのか、さっぱり分からない。

「っていうか、二人の通り名が物騒すぎて、びっくりだわ。あんたたち、一体どんだけやらかしたの？」

「いやぁ、それほどでも？」「吾は特に……物はよく壊すが、それだけだ！」

「アルバさんは、さしずめ実力詐欺で、『詐欺師』ですか？」

「いや、そういうわけではないが。実力詐欺とは、どういう意味だ？」

モナに尋ねられ、アルバが首を傾げた。

ラキアがアルバを指差しながら、茫然自失の三人に話を振る。

「いや、だって、ねぇ。信じられる？　この男、最初の広間でゴブリン二十四、一人で全滅させてんのよ？　しかも無傷で！」

「は？」「まじで!?」「！」

斥候一人では詰むと予想していた難所をアルバが一人で、それも敵を全滅させて突破したという事実を突きつけられ——デュンケルたち三人の心が折れた瞬間だった。

10．それぞれの旅立ち

「もういい。潔く身を引こう。デュンケル」

そう言ったのは、長らく押し黙っていたガウスだった。

「！　けど、ガウス！」

「考えてもみろ。アルバを追放して、その後どうする。斥候なしで迷宮攻略を続けるのか？　続けられるのか？　それとも、お前の言うような、戦闘もできて、斥候もできる人間を探すか？　そんな人間がおいそれと見つかると思うか？」

「う……」

デュンケルは言葉に詰まる。少し前なら、狩人のアーガスや暗殺者のシトラを戦闘ができて斥候もできる人間だと信じ込んでいた時なら、迷うことはなかっただろう。

「俺には、アルバを追放しても、【鷹の目】がランクを落とす未来しか思い浮かばん。そうなったら、どのみちラキアもモナも抜けるだろう。後には、俺たち三人と落ちぶれた【鷹の目】の名前しか残らん」

「そんなことは……」

「俺たち三人が、田舎から出てきた三馬鹿に戻るだけの話だ。俺たちに実力があるなら、また上に登れるさ。【鷹の目】はラキアたちにくれてやれ。【鷹の目】がさらに上に行くか、落ちぶれるか、彼女たち次第だ。もっとも俺個人としては、【鷹の目】の初期メンバーという肩書が俺たちの重荷になるくらい、上り詰めるんじゃないかと思えるがな」

デュンケルは長い沈黙の後、口を開いた。

「……本気なんだな、ガウス」

「ああ」

「……分かった。フォルクも、それでいいか」

「……俺にゃ、もう、何がなんだか分かんねーよ。二人に付いていく。それだけだ」

三人は互いに手を貸し、肩を貸し合って立ち上がった。

ラキアがデュンケルに声をかける。

「話は決まったようね？」

「ああ。【鷹の目】はお前らにくれてやる。せいぜい、潰さないように頑張ることだな」

「なに？　最後まで憎まれ口？　可愛《かわい》くないわねー」

「残念ながら、ここまで拗《こじ》れては、もう一緒にやっていくのは無理でしょう。共有資産の分配などは追々相談するとして、これからはお互いの道を行くということで、『円満解散』、ですね？」

有無を言わせぬ笑顔で、モナが『円満』を強調する。

「円満なのかしらね、これ？」

「方向性？の違いで解散とか、よく聞くけど？」

「お互い納得している。吾等にも不満はない。故に問題なし！」

半目のラキアに、どこか他人事《ひとごと》のユリシャとケイティが答えた。

モナがポンと手拍子で、その場を締める。

「さて、長くなってしまいましたが、撤収しましょうか」

「帰りも俺が先導しよう。特に何もないとは思うがな」

アルバを先頭に、三馬鹿を殿《しんがり》にして、一行は迷宮の入り口へと戻り始めた。

帰路では、終始無言の男性陣に対し、女性陣は今後のパーティーの活動内容について話が弾んでいた。

最初の広間を通り過ぎる時、スライムに溶かされ始めたゴブリン二十四の死骸を見て、デュンケルは「本当に全滅させたのかよ」と呟いていた。

迷宮入り口に到着した頃には日が暮れていたため、今晩はここで野営し、明朝出立する運びとなった。

疲れが溜《た》まっていたのか、デュンケルとフォルクは食事後すぐに寝入ってしまった。

ラキアは、ケイティとユリシャの過去の『やらかし』について、根掘り葉掘り聞いている。

モナはガウスと資産の分配についての相談中。三馬鹿の財布を預かっているのは、三人の中で一番しっかり者のガウスなのだ。

アルバは適当な木に登り、幹に身を預けて気だるそうに見張りをしていた。

「ちょっといいか？」

アルバに声をかけてきたのはガウスだった。

「ああ。相談は終わったのか？」

「ちょうど借家に金を使ったばかりだろう？　共有財産も少なくてな、今回の戦利品全部と馬で手を打った。明日はここでお別れだ。俺たちは隣町を経由して、一旦里帰りする。デュンケルが街の連中に顔を見られたくないらしくてな」

「そうか。それで、俺に何か用か？」

「三人を代表して謝っておこうと思ってな。デュンケルとフォルクは、多分謝らないだろうから」

「……だろうな」

「……いろいろ、すまなかったな。結局、俺たちは田舎育ちの世間知らず、村の三馬鹿のままだったと思い知らされたよ。お前をパーティーに寄生してるなんて言ったが……多分、寄生していたのは俺たちの方だ」

　謝罪を受け入れるわけでもなく、沈黙で返すアルバ。

　ため息をついて、その場を離れかけたガウスに、アルバが声をかける。

「……冒険者、続けろよ」

「なんだ？　藪《やぶ》から棒に。里帰りするからといって、やめる気なんてないぞ？」

「ゴブリンのアレは、思った以上に見えない傷を残す。ゴブリンの前に立っただけで、ぶり返して、立ち上がれなくなった奴を知ってる」

　アルバは、誰かを思い出すように、夜空を仰いでいる。

「そうか……そうだな。確かに、思い出すと手が震える。心しておくよ。しかし、お前に心配されるとはな」

「もったいない、と思っただけだ」

「もったいない？」

「お前らの腕が、な。お前ら三人の連携は見事だ。三人揃えば、熟練の冒険者だと勘違いするほどにな」

「……勘違い、していたのか？」

「……多分、俺も、お前たち自身も、パーティーの全員が、勘違いしていた。だから、全部を分かっていると思っていた。戦術も、分担も、迷宮も、全部」

「ああ……なるほどな。そうか」

「だからな……お互い様、ということだ」

最後の言葉は、アルバなりの謝罪の受け入れなのだろうと、ガウスは理解した。

二人は、話の内容を噛《か》み締《し》めるように、しばし沈黙する。

「お前も、これから大変だな、アルバ」

最後に軽い話で終わらせたかったのか、ガウスが少しおどけたように言った。

「……何がだ？」

「あの二人だよ。ラキアとの話を脇で聞いていたんだが、あれが本当なら俺たちより問題児だぜ？それに二人とも女だしな」

「女の前衛は珍しいが、腕は確かだぞ？」

「いや、そうじゃなくて……もしかして、気づいてないのか？」

「何がだ？」

「あのなぁ、俺たち三人が抜けて、女二人が入る。後に残る男はお前一人だ。知ってるか？　そういうのをハーレムパーティーって言うんだぜ？」

アルバは慌てて幹から身を起こす。眉間には深いシワが寄っている。

後衛職には女性も多いが、前衛職はほぼ男性で占められている。しかも、前衛はパーティーに二人以上が原則だ。そうしないと、挟撃や包囲された場合に対処できない。

つまり、パーティーには男性が二人以上いることが一般的なのである。

それ故に、男性が一人しかいないパーティーは、ハーレムパーティーと揶揄《やゆ》される。パーティーで唯一人の男性は、『複数の女性を囲っている色情狂』あるいは『複数の女性に飼われているペット』扱いだ。

もちろん、揶揄している側もそれを事実と捉えているわけではない。ことあるごとに同業者に犯罪者めいた通り名を付けては喜ぶ、冒険者とはそういう輩だ。要するに、からかうネタになれば、事実などどうでもいいのだ。

「なんてこった……。おい、ガウス、お前だけでも……」

「それじゃあな、アルバ、頑張れよ。このところ、やり込められてばかりだったからな、少し清々したぜ」

ひらひらと手を振って、笑いながらガウスは戻っていった。


夜が明けた。

早寝した分だけ早起きしたのだろう、デュンケルとフォルクは未明には起きだして荷造りを終えたようだ。朝食を済ませるとすぐに、三人は出立すると言いだした。

戦利品を馬の背に乗せ、自分たちの荷物を背負ったデュンケル、フォルク、ガウス。それを新生【鷹の目】の五人で見送る。

「それじゃあな、ラキア、モナ」

「お元気で」

「『見当外れのデュンケル』が、見当を外さずに、無事故郷にたどり着けることを祈ってるわ」

「アルバも、達者で」

「ああ」

結局、アルバに挨拶したのはガウスだけだった。デュンケルとフォルクはアルバを見ようともしない。

「そうだ、最後にひとつ聞いていいか？　最近になって、二人とも俺たちを避けるようになってただろ？　あれはどうしてだ？」

去り際になって思い出したのか、突然デュンケルがラキアとモナに尋ねた。

「え？　いや、避けてないし」

「心当たりがありませんが？」

二人とも、本当に思い当たることがないのか、困惑している。

「いやいや、避けてたって！　近づくと、すっと離れるんだよ。で、アルバの野郎にはそんな態度は取らないし」

フォルクが身振り手振りまで交えて力説した。

フォルクの言葉に心当たりがあったのか、二人の態度が急に不自然になる。

「あ……。いやいや、あれはなんでもないわよ」

「そうそう、なんでもないですよ」

「ごまかすなよ。最後なんだから、正直に教えてくれ。モナ！」

神官のモナは嘘がつけない。デュンケルはモナに詰め寄った。

「どうしましょう、ラキアさん」

「あーもう、本人が聞きたいってんだから、言っちゃうわよ！　まったく、どうして最後に、こんなこと言わせるかな。せっかく、さり気なく気づいてくれるように気を遣ってたのに！」

ラキアは観念したように、大きなため息をついた。それから、意を決して顔を上げ、腰に手を当てると、びしっと三人を指差した。

「あんたたち、臭いのよ！」

「は？」

「臭いの、体臭が！　男臭いの!!　最近、どんどんひどくなってた！　何なの？　筋肉増えたから？　稼ぎが良くなって、肉ばっか食べてたから？」

「ええぇ……」「まじでぇ……」「…………」

望みが絶たれた、とでも言いたげな表情の三人。ここ最近見せた中でも一番に情けない顔である。特に、ラキアとモナに淡い好意を抱いていたフォルクとガウスのダメージは計り知れない。

「いや、でも、男臭いってんなら、アルバだって」

「アルバは臭くないもの」「アルバさんは臭くありません」

「斥候だからな、俺は。魔物の中には鼻が利く奴もいる。日頃から体臭には気をつけている」

「そんなぁ。そんなことで……俺たちは……」

三人の落ち込みようがひどいため、ラキアとモナも気まずくなり、フォローを入れ始める。

「……ま、これから気をつければ大丈夫よ！　事実、アルバは問題なくできてるし。それに、気にするのは多分女性だけだし」

「そうですよ。日々の節制、健康的な生活、常に清潔を心がける。神官なら男性でも当たり前にできてます。皆さんにだってできます！　それに近づくのを避けるほどひどかったのは、鍛錬の後なのに体も拭かずに食堂に入ってきた時ですとか、明らかに一週間以上服装が変わっていなかった時ですとか、野菜に一切手を出さずに肉とお酒ばっかり飲み食いして酔い潰れた翌日ですとか……」

本人は励ましているつもりなのだろうが、モナの発言が重なるほどに、三人は立ち直れなくなってゆく。子供の頃から男三人でつるんでいたために、彼らには体臭に関する気遣いなど今まで無縁だったのだ。

「実は、ラキアとモナが三人を追放した原因？だったり？」

「やめろ、馬鹿！」

薄笑いを浮かべるユリシャの口をケイティが塞ぐ。

「ああ……分かった。すまなかった。俺たちが悪かった。じゃあ、行くわ……」

がっくりと肩を落とし、背中に悲壮感を漂わせながら、三人は去っていった。

三人を見送った後、新生【鷹の目】の五人も、出発の準備を始めた。

各自、自分の荷物をまとめた革袋を背負う。

ラキアは荷物が重いのか、【浮力】の魔術を使っている。

炊飯道具などの共有物は、もともと荷物が少なかったケイティが背負っている。まだ余裕がありそうな表情だ。

「そういえば、アルバの通り名の『詐欺師』って結局何が由来なの？」

ふと、ラキアが思いついたように聞いてきた。

「よく分からん。心当たりがない」

「やっぱり、実力詐欺？」

「違う、と思う。仕事の後に言われ始めたわけじゃない。確か、休日に冒険者仲間に出くわして、それからだ。素顔だったからか、相手はこちらに気づかなくてな。少しちぐはぐな会話になって……」

「素顔？　……そう言えば、見たことない」「確かに……」

ラキアとモナが呟き、その言葉にユリシャが瞳を輝かす。

次の瞬間、ユリシャはアルバの背後に回り、電光石火の早業でアルバのマスクを外していた。

「これ、なーんだ？」

マスクを摘んで、プラプラと揺らしてみせるユリシャ。

「え？　ちょ、待て！　いつのまに！」

「モナ、【清め】」

「はい」

慌てるアルバを尻目に、ラキアがモナに指示を出した。

モナが【清め】をアルバの顔めがけて使うと、アルバの目元を黒く染めていた墨が、きれいに消えてゆく。

そこに現れたのは、予想外に幼く見える、紅顔の美少年と呼ぶに相応しい風貌だった。

一瞬固まっていた四人は、次の瞬間声を合わせた。

「「「詐欺だわ！」」」

「いや、だから、何がだ！」

マスクを通さないアルバの声は、思いの外、高く澄んで響くのであった。

幕間《まくあい》・斥候は鍛錬する

早朝の静寂な空気の中に鋭利な風切り音が響く。

黒く塗り潰された刃が空を切り、それを追うように灰色の影が走る。

わずかに遅れて、かすかな足捌《さば》きの音が続く。

痩身を灰色の装束で包んだ、やや幼く見える整った風貌の青年。【鷹の目】の斥候、アルバだ。

今、アルバが鍛錬を重ねているその動きは、見る者が見れば、相手の刃を掻《か》い潜《くぐ》って懐に差し込む技だと分かる。

だがそれは、アルバの常とは程遠いものだ。斥候職である彼の本分は、不意打ち——死角から近づき、一刀のもとに敵の喉を掻き切る技である。

先の追放騒ぎの後、思うところがあり、アルバは正面から相手を斬り伏せる技の鍛錬を増やしていた。不意打ちで倒しきれなかった際には必要となるものであり、決して無駄な鍛錬というわけではない。

アルバが鍛錬に使っているのは、借家の裏手にある空き地である。

そこは、街の端に位置する家屋と街を囲む塀の間の土地であり、本来は兵士の通路に利用される公有地だ。ただし、兵士の移動を妨げなければ、自由に使うことが黙認されている。塀側には、ちゃっかりとアルバの投剣用の的がかけてある。

この借家は、迷宮攻略を本格的に始めた後、荷負い馬やら装備の備蓄やらで宿屋暮らしが手狭になったため、【鷹の目】の名義で借りたものだ。

現在は、一階にある一部屋をアルバが、二階にある二部屋をモナとラキア、ケイティとユリシャがそれぞれ相部屋として使っている。ちなみに二階は男子禁制。盗人《ぬすっと》避けも兼ねて、ラキアがお手製の結界魔法陣を丹念に配置済みだ。

黙々と鍛錬を続けていたアルバは、背後から近づく気配に気づいた。そちらを見なくとも、足音からユリシャだと見当がつく。

ユリシャはアルバの背後に立ち、そのまま動く気配がない。アルバは構わずダガーを振るった。

「止めれ？　ストップ？」

アルバはダガーを突きだした姿勢で止まる。

ユリシャはアルバに近づくと、アルバの足を自分の足で押して位置をずらし、両手でアルバの腰を摑《つか》んで捻り、さらに肩の位置を動かす。

「こう、かな？　もう一回」

言われるがまま、アルバはもう一度ダガーを突きだす。もちろん、修正された姿勢を意識しながらだ。

「……違う、か？」

「うん、違う。腰の回転が遅すぎ？」

アルバは腰の回転を意識しながら、もう一度ダガーを突きだす。風切り音が変わり、目に見えてダガーの速度が上がる。

「どうだ？」

アルバの問いに対してユリシャは親指を立ててニカッと笑い、そのまま借家の方へ戻ってゆく。

（名のある師匠か……なるほど）

ユリシャとケイティが以前、『名のある師匠のもとで修行した』と語っていたのをアルバは思い出す。教え方もまた、師匠を見て学ぶものなのだろう。

今の感覚を忘れないように、アルバは再びダガーを振り始めた。

と、再び背後に気配がする。

「軽い！　足らん！」

ケイティの声が聞こえ、スタスタと近寄ってくる足音がする。

アルバが振り向こうとすると、ケイティの手が後ろからアルバの肩を掴んで固定した。腰の後ろにケイティの手のひらが押し当てられる感触がする。

「ここを使え！」

ズン、と衝撃がアルバの体内を走った。腰の奥に熱い塊を感じる。

「よし、もう一度」

アルバは腰の奥の熱い部分を意識して、ダガーを繰りだす。

――ドンッ！

踏み込んだ足からいつもの倍以上の衝撃が昇ってきた。

「うむ、まずまず。コツさえ掴めば後は鍛錬あるのみ！」

ケイティはアルバの肩を痛いほど強く叩くと、その場を去っていった。

（……東方の極意か何かか？）

アルバも詳しくは知らないが、東方には体内に響く打撃とか、やたらと大きな音で踏み込む徒手空拳の技があると聞いた覚えがある。

（まあ、どうでもいいか）

再び鍛錬を開始したアルバは、ふとあることを思いついた。ダガーを鞘《さや》に収め、革ベルトに挿してある投剣を一本取りだす。

今習ったことを踏まえて、実際には投剣を手放さずに、投擲動作を何度か試す。そして、最後に渾身の力を込め、塀に立てかけてある的をめがけて投剣を放った。

――ドンッ！

――コンッ！

的を大きく外れた投剣は、高く澄んだ音を立てて、脇の塀に突き刺さった。

アルバが近づいて見ると、投剣の刀身がほとんど塀に食い込んでいる。

（こりゃ……やばいな）

踏み込んだ足から結構な音が出るので、不意打ちには向かないだろう。【消音】で消そうにも一瞬で魔力が尽きそうだ。仮に音を消せても地面を伝わる衝撃で気取られかねない。

だが、急所を捉えることができたなら、十歩程度の距離からでも一撃必殺になりうる威力だ。なにより、投剣の飛んでゆく速さがやばい。自分が的になった場合を想像してみると、避けるどころか、反応できるかすら疑わしい。

問題は、威力と命中率を両立できるか、だが。

（まあ……鍛錬次第か）

とりあえず、この塀から抜けそうもない投剣をどうやって回収したものか、とアルバが思案していると、後方から声がかかる。

「アルバ、ちょっといい？　前に話していた魔法陣なんだけど、一応、完成したわ」

ラキアが手に小冊子を持って借家から出てきた。アルバも自分からラキアの元へと歩いてゆく。

「見せてくれ」

アルバはラキアから小冊子を受け取ると、ページをめくった。

「思ってたよりも厚いな」

「十積層ね。魔術書というには薄いけど」

冊子のすべてのページには同じ大きさの魔法陣が描かれていて、それが十ページでひとつの魔法陣を成している。

この魔術を行使するには、ここに描かれたすべてを暗記する必要がある。

「魔法陣の規模を大きくしていいなら、もう少し薄くできるわ」

「いや、そうすると俺では解読できないだろ」

「……そうね、初級の幻惑系魔術の術式では、これが限界ね。中級の術式を覚えてみる？　それか丸暗記しちゃえば？」

「中級は考えておく。丸暗記は苦手だ」

そう言いながら、アルバは小冊子のページを繰り返しパラパラと指で弾いて流す。

高度な術式ほど大きな魔法陣を構築でき、盛り込める機能が飛躍的に増加する。当然ながら、目的の機能を達成するための積層も大幅に減る。

問題は、術式を理解していないと、魔法陣を細部まで丸覚えする羽目になることだ。

片や、簡潔な文言で綴《つづ》られた内容を理解できる長文。片や、難解な文言で綴られた意味不明の中文。さて、暗記しやすいのはどちらか。人それぞれかもしれないが、少なくともアルバは前者の方が楽だ。

「ま、使うのはあんただからね。それにしても、まったく新しい魔法陣の構築なんて、師匠のとこで受けた卒業試験以来だわ」

「すまなかったな、手間をかけさせた。礼を言うよ」

「私も面白かったし、いい勉強になったわ。冒険者以外の魔術師は、幻惑系魔術の術式なんて勉強しないし」

幻惑系魔術は対象の認知機能に作用する魔術である。

高度な術は相手の感情を操作することもでき、破壊系魔術よりも危険な代物だと言える。なにせ歴史をひもとけば、【魅了】や【狂乱】の魔術を使って一国を内部から崩壊させた魔術師の逸話が、それこそごまんと出てくるのだ。

現在では、高度な幻惑系魔術を公的に習得できるのは、国に忠誠を誓った高位魔術師だけである。彼らは幻惑系魔術の悪用から国を守るための対抗策として、それらを習得する。仮に、国の許可なく習得すれば、使用の如何《いかん》にかかわらず、その時点で犯罪が成立する。

その結果、幻惑系魔術は一般の魔術師にとって旨味《うまみ》のない分野となった。なにせ、高度な魔術は初めから習得が禁止されているのだ。先につながらない初歩など、習うだけ無駄である。

「でも、これ、何に使うの？　【透明】の術式が含まれるから、あんたの魔力じゃ一瞬で尽きるでしょうに」

「近接戦闘時に使うから一瞬でいいんだ。割と当たり前の発想だと思うんだが。むしろ、同様の魔法陣が一般化してないことが不思議なくらいだ」

「そりゃ、まあ、魔力持ちが近接戦闘なんかしないからでしょ。『魔力と筋力は両立しない』んだから」

『魔力と筋力は両立しない』は一般的な常識だ。魔力が高い人間は、いくら体を鍛えても魔力のない人間に筋力で劣る傾向にある。

この法則は『天は二物を与えず』という公平な摂理にも思える。

だが、現実はそうはいかない。筋力は誰でも手軽に鍛えられ、すぐに役立つ。一方で、魔力を発揮するには金と時間をかけて魔術を習得する必要がある。世間一般で言えば、圧倒的に『魔力よりも筋力が欲しい』となる。

この法則は性別にも当てはまり、筋力で男性に劣る女性の方が、魔力では男性に勝る傾向にある。魔術師に女性が多いのはそのためだ。もっとも、多くの女性は魔術を勉強する機会に恵まれず、『魔力の持ち腐れ』となる。

しかし、ある意味で女性よりも不憫《ふびん》なのが、ある程度の魔力を持った男性である。

魔力が高ければ魔術師に弟子入りも叶《かな》うが、魔術師になれないなら単に『筋力に乏しい男性』という括《くく》りになる。肉体労働が圧倒的に多い男性社会において、彼らは実に微妙な存在だ。ぶっちゃけ『役立たず』『半端者』と侮る者も多い。

そのため、中途半端に魔力も持つ男性の多くは、長所を活かして身を立てるべく、初歩の魔術を習得しようとする。しかし現実問題として、彼らの手の届く範囲にある魔術は一系統だけ。そう、幻惑系魔術である。

初歩の幻惑系魔術は、習得する価値のないものとして、魔術師から捨て置かれている。その知識を秘匿、独占する必要もなく、魔導書も解説書も捨て値で取引されている。

それが逆に、一般への流布を加速させる。主に、裏社会に。なぜなら、低級の幻惑系魔術――【暗視】【迷彩】【消音】などは、どれもが犯罪者垂涎《すいぜん》の効果なのだから。

こうして、幻惑系魔術と中途半端な魔力を持つ男たちが、裏社会で結びつく。

これが、古い言葉で言うところの【盗賊】職が成立した経緯である。

実は近年、そんな幻惑系魔術を修めた痩せっぽちの男たちの真価に気づいた者たちが現れはじめた。それは、迷宮攻略を行う冒険者たちであり、国の諜報《ちょうほう》機関を司《つかさど》る一部の貴族たちなのだが、彼らはいまだ少数派に過ぎない。社会全体で見れば、中途半端な魔力を持つ男性は、やはり半端者扱いだ。

そして、今ここに、幸運な出会いにより、さらなる可能性を見出《みいだ》しつつある男が一人いた。

「『魔力と筋力は両立しない』か。確かにそうだが、『魔力と技は両立する』かもな」

そう言って、小冊子をラキアに返すアルバ。

その動作から、流れるように振り返りつつ投剣を抜き、放つ。

——コンッ！

——ドンッ！

二つの音が連続して響いた。

的の中心に投剣が深々と刺さっている。

「なぜか、できるはずのない芸当が、一番最初だけうまくいく時、あるよな？」

アルバがラキアに尋ねた。ラキアは顔をしかめている。

「今、すっごい気味の悪い光景を見た気がするんだけど。……的の投剣は最初から刺さってた？　投げた投剣はどこへ行ったの？　脇の塀に刺さってるのが今投げたやつ？」

「さあ？　違うと思うぞ。……て言うか、自分で組んだ魔術だろうに」

「……想像するのと実物を見るのは大違いだわ」

「朝ごはんですよー」

朝の空気に、緊張感のないモナの呼び声が響いた。

第2話

1. 斥候は決闘をいどまれる

「見つけたぞ、【鷹の目】のアルバ！　貴様に決闘を申し込む！」

「断る！」

「即答!?」

ある日の昼下がり。辺境領クルスタークの中心地スタークの街にて。

冒険者ギルドの一角で、マスクを器用にずらしながら、菓子をかじりつつ、お茶をすする、目元を黒く塗り潰した異様な風体の男が一人。

そこに突如現れたのは、金髪碧眼《へきがん》に仕立ての良い服を着た、およそこの場に相応しくない貴族風の美青年。

青年は何の前触れもなしに、マスクの男に決闘をいどんだ。

そして断られた。

それが、今の状況である。


その日、アルバは仲間とともに冒険者ギルドを訪れていた。

訪問の目的は、【鷹の目】のメンバー交代にまつわる諸々《もろもろ》の手続きと、例の追放騒動があった迷宮を新規メンバーで攻略するための申請である。

普段なら事務手続きはモナとラキアに任せきりなのだが、今回のメンバー交代に関してはアルバにも意思確認や事実認定が行われる可能性が高かったため、同行せざるを得なかったのだ。

　メンバー交代についての手続きはすでに完了した。

　他のメンバーは二階の応接室で迷宮攻略に関してギルド職員と面会中である。モナがパーティーの代表。ラキアがご意見番。ケイティとユリシャは迷宮攻略の初心者として、ギルドからの注意事項の申し渡しで居残り。

　一人お役御免となったアルバは、一階の受付窓口に併設された飲食スペースで時間を潰している最中であった。この後、全員で迷宮攻略に必要な物資の買い出しに向かう予定になっている。

　この飲食スペースでは、ギルド加入者に菓子とお茶が無料で振る舞われている。なにせ冒険者は血の気が多い。受付で長く待たされるだけで騒ぎだす輩も少なくないため、大人しく待ち時間を潰してもらうための措置である。

　そう、少なくともギルド側は、この場所で騒ぎを起こしてほしくない。受付係の愛想笑いを除けば、むしろ公的な役所に近い雰囲気すらある場所なのだ。

　そんな場所で、声高らかに決闘をいどんできたこの青年は、間違いなく空気の読めない大馬鹿野郎である。そしてアルバは、『しばらくは馬鹿の相手は願い下げだ』と心から思ってる。

　そんなわけで、アルバはこの青年を無視することに決めた。

「貴様、決闘を拒むとは卑怯《ひきょう》だぞ！　正々堂々と我輩《わがはい》と立ち合え！」

「…………」

「おい、聞こえておるか！　無視するでない！」

「…………」「あの……」

「？　おーい、もしかして耳が聞こえておらぬのか？　いや、そんなはずはない。先程は即答で断っておったしな」

「…………」「あの……サバレン様？」

「貴様、我輩を無視するとはいい度胸だな？　我輩を知らぬのか！」

「…………」「サバレン様、サバレン・ギュル・クルスターク様！」

「くっ！　きさまぁ！　もう良い、不埒《ふらち》者め、無礼討ちだ！　ここで成敗してくれる!!」

「…………」「おやめください！　サバレン様！」

堪忍袋の緒が切れたのか、金髪の青年――サバレンが腰に吊《つ》るしたレイピアを抜いた。

その直後、ギルド受付のお仕着せを着た妙齢の女性が、アルバとサバレンの間に割って入る。先程から再三、サバレンに呼びかけて無視されていた女性だ。

「む、邪魔立ていたすか！　貴様、何者だ！」

「冒険者ギルド職員のミュスカと申します」

「なにゆえ、そやつを庇《かば》う！　貴様も討たれたいか！　いや、もちろん、女性に手荒な真似《まね》をするつもりはないぞ？」

ミュスカに対して荒々しく怒声を上げつつ、後半は急速にトーンダウンするサバレン。

性根は悪くない奴なのかと一瞬思ったアルバだが、サバレンの目線がミュスカの顔、胸、腰を往復しているさまを見て、呆れる。ただの助平野郎のようだ。

まあ、ミュスカはこの街でも屈指の美貌を誇るので、ある程度は致し方ないのかもしれないが。

「なりません。彼に手を出せば、タダでは済みませんよ」

「何？　そやつに何かあるのか？　やはり、そやつ……ゆう――」

「サバレン様、彼はクルスターク領の領民ではありません」

「は？」

「彼はこの領の領民ではないのです。ですから、無礼討ちにはできません。たとえあなたが、ご領主様のご子息であったとしてもです」

見れば、ギルドの外に領主の家紋が入った馬車が止まっている。馬車の脇には護衛らしい兵士の姿も見える。

（姓からして、まさかとは思ったが、領主の子息かよ……）

これはまた、最大級に厄介なのに絡まれたと、暗澹《あんたん》たる気分になるアルバである。

「領民でないから何だというのだ！　平民には違いあるまい！」

「ご領主の支配権が及ぶのは、ご自分の領地とその領民までです。彼を傷つけることは、他家の領民、つまり他家の資産に手を出すのと一緒。そうなれば戦争です」

「!?　そうなのか？」

「はい。そうなのです」

ちなみに、冒険者はどこの領地にも属していない。仕事がなくなれば国境すらまたいで移動する流れ者。基本的に定住しないのが冒険者だ。

ただ、それだと流民扱いになってしまい、いろいろと面倒事が起こる。そこで神殿主導で冒険者による相互救済組織が作られた。それが冒険者ギルドである。

各国にある冒険者ギルド本部の本部長は一代限りの准貴族に任じられており、冒険者は建前上、その庇護《ひご》下に置かれる。領地なき領民というわけだ。

冒険者ギルドは大陸全土で十数ヵ国にまたがる組織だ。実際には一枚岩ではないものの、本部長十数人からなる准貴族連合が形成されている。しかも、魔獣狩りや魔石の供給を冒険者に頼りきっている手前、国すらも冒険者ギルドを無下にはできない。

冒険者ギルドとは、とてもじゃないが、いち地方領主が太刀打ちできる勢力ではないのだ。

「……戦争は、まずい」

さすがに戦争と言われては、サバレンも引くしかない。

実際に戦争になるかは分からないが、この大馬鹿野郎を止めるにはそのくらい言わないと駄目だと、ミュスカは判断したのだろう。

「何の騒ぎだ？」

騒ぎを聞きつけたのか、冒険者ギルドの支部長であるガットロウが二階から降りてきた。

ギルド幹部の多くは引退した冒険者である。ガットロウもその口で、現役時代からは幾分しぼんだが、それでも十分にむくつけき筋肉達磨《だるま》の髭親父《ひげおやじ》である。

ガットロウの後に【鷹の目】の女性メンバー四人が続く。四人を見つけたサバレンの瞳が輝くのを見て、アルバは嫌な予感しかしない。

ガットロウは、サバレンが手にしている抜き身のレイピアを見て、ぎょっとした。

「おい、ミュスカ、一体全体、どういう状況だ？」

「それが、サバレン様がアルバさんに決闘を申し込まれまして……」

ミュスカの返答に、ガットロウが険しい表情を浮かべ、アルバを見る。

「何をやらかした？　アルバ」

「さっぱり分からん。こっちが聞きたい」

「サバレン様。アルバが何か失礼をいたしましたか？」

サバレンは領主の息子で、一応貴族だ。准貴族であるギルド本部長とは違い、支部長であるガットロウは平民である。下手に出ざるを得ない。

「そやつは、領内の公序良俗を著しく乱している！」

「はあ。それで具体的には？」

公序良俗、と言われてガットロウは弱り目だ。なにしろ、冒険者という輩は社会不適合者の集団である。公序良俗を持ちだされると、何も言い返せない場合が多い。

ガットロウの手が無意識に胃の辺りに伸びる。

「そやつは、そこの見目麗しき四人のご婦人方を囲い、ハーレムを作っておると聞く。実にうら……けしからん！　領主の子息として、断じて見過ごせません！」

サバレンの発言に、場の雰囲気が一斉に白けた。

言葉には出さないが、その場にいるほぼ全員の顔に『おいおい、こいつ冗談を本気にしてるぞ』と書いてある。例外は「見目麗しき？　吾が？」と頬を染めているケイティと、「新たなるバカ出現？」と完全に面白がっているユリシャだけだ。

アルバは死んだ魚のような目で、途方に暮れていた。

ただでさえ、男一人女四人のハーレムパーティー誕生は、ギルドの話題を独占状態だ。ここ数日は好奇の目に晒《さら》され、何度となくからかわれている。

数日前からアルバに与えられた新しい通り名は『絶倫のアルバ』である。しゃらくさいことに、『特定の分野』に限らない『絶倫』本来の意味は『抜群』と同じ、最高級の褒め言葉である。よって『特定の分野』として反応したら負けであり、甘んじて受け入れる他ない。

最悪なのは、当事者であるはずの女性四人が、半ばそれを面白がっていることだ。

「……やれやれ」

アルバは深く嘆息した。

2．領主子息は暴走する

サバレンの勘違い発言はさらに続く。

「しかも、そのアルバという男、聞けば幻惑系魔術の使い手だというではないか。おおかた【魅了】の魔術を使ってご婦人方をたぶらかしているに違いない！　故に、我輩が決闘にてそやつを成敗し、ご婦人方の名誉を回復する！」

これまた、とんだ言い掛かりである。

アルバの使う幻惑系魔術は【暗視】や【消音】など低級のものばかりだ。【魅了】のように他人の感情を操作する魔術は、一流魔術師だけが使える高等魔術である。しかも、習得するだけで犯罪が成立する。

サバレンが決闘という手段に出たのは、証拠がないので犯罪としては裁けないが、放置もできないので決闘にて断罪する、という理屈なのだろう。

「【鷹の目】のアルバ！　我輩と決闘しろ。嫌とは言わせんぞ！　お前が負けたら、そこのご婦人方から手を引け。そして、クルスターク領からも追放だ！」

サバレンの持つレイピアの切っ先が、アルバの鼻先に突きつけられる。

仁王立ちのサバレンに対して、まだテーブル席に座ったままのアルバ。はたから見れば、サバレンの態度は相当に威圧的だ。

しかし、アルバは臆することなく、むしろその目は虚《うつ》ろだ。

またもや『追放』である。呪われているのだろうか。日頃の行いが悪いのか。アルバは思わず我が身を省みて、嘆息する。

ガットロウがアルバの脇にすっと近づいて、耳元でささやく。

「アルバ、言いたくはないがな。貴族にとって、決闘の申し込みというのは、相当に重いものだ」

ガットロウの多分に同情を含む声色は、アルバにとってはせめてもの救いだ。

「そうなのか」

「ああ。基本的に、その申し立てに間違いがあっても、仮に本人が間違いに気づいても、撤回されることはない。貴族は面子《メンツ》を重んじる。むしろ、相手から間違いを指摘されたら、決闘を申し込んだ側は意地でも勝とうとする。勝って、『間違いはなかった』ということにしようとする」

「そりゃ……困ったな」

「ああ、困った」

アルバはサバレンへと視線を向けた。黒く塗り潰された目元から放たれるその眼光は剣呑《けんのん》極まりない。

「……で？」

「な、何が？」

「で、どうするんだ？　あいにく、俺は剣士でも騎士でも、まして貴族でもない。そんなものを向けられても、こっちの得物はこれだぞ？」

鼻先に向けられたレイピアを事もなげに手甲で脇へと逸らし、アルバは立ち上がった。鞘からダガーを抜く。

刀身の短いダガーと、片手剣の中でも刀身が長く、切っ先で突く武器であるレイピア。リーチの差は歴然で、普通は勝負にならない。

しかし、その場に居合わせた者たちの目には、逆の意味で勝負にならないと映る。

決闘が始まった途端、アルバのダガーはその手を離れ、サバレンの喉元めがけて飛んでゆくに違いない。サバレンがそれをかわせるとは到底思えない。型どおりの貴族剣術には、剣を投げてくる相手など想定されていないのだから。

「いや、そうだな……我輩も、不公平な勝負をしたいわけではない。うむ……とりあえず、剣は納めよう」

サバレンはしどろもどろになりながらも、レイピアを鞘に納めた。アルバの視線に気圧《けお》され、そんな相手に抜き身の刃を向けている状況に、さすがに危機感を抱いたらしい。

アルバもダガーを納める。

「……で？」

アルバは再びサバレンに問いかけた。

「ええと……」

「剣でないなら、殴り合いでもするか？」

「あ、それなら……しかし……」

「言っておくが、斥候だからな、俺は。戦いが本分ではない。確か、クルスターク家は武門の家系じゃなかったか？　戦闘職でもない冒険者を叩きのめして、面子は保たれるのか？」

決闘なんて吹っかけておきながら、どうにも優柔不断なサバレンを見かねて、アルバはふと思いついた『逃げ道』を提示してみた。

その『逃げ道』に、事を荒立てたくないガットロウが便乗してくる。

「そうですよ、サバレン様！　彼は戦闘職ではありません。敵を探したり、罠を見つけたり、鍵を開けたりするのが専門の斥候職です。冒険者なんて荒くれ者の集団のように思われがちですが、彼は違う。ダガーだって護身用でしかないんです。力ずくで彼を倒しても、弱い者いじめにしかなりません」

「そ、そうか？　それもそうだな。じゃあ、仕方ないな。……えっ、戦闘職じゃないのか？　え？　ほんとに？」

　納得しているんだか何なんだか分からないが、どうやらこの線でサバレンを説得できそうだと、ガットロウは胸を撫《な》で下《お》ろす。

「いや、アルバっちは、そこまで弱くは――」

「はいはい、話がややこしくなるので、ユリシャさんはこっちでお菓子でも食べててくださいね」

「わーい？」

「私もお茶しよっと」「うむ、吾も頂こう」「新しいポットもらってきますね」

　余計な口を挟もうとしたユリシャをモナが制して、離れたテーブルへと誘導した。ラキアとケイティもそれに続く。

　サバレンは、先程から一人で何やら呟いている。

「……こういう時は……相手の得意分野……勝てば……へし折れるし、負けても……」

「ええと、サバレン様？」

　腫れ物に触るかのようにガットロウがおずおずと声をかけたが、無視される。

「跡取りがこんなんで、この街は大丈夫なのか？」

アルバは、隣にいたミュスカに小声で話しかけた。ミュスカは苦笑いを浮かべている。

「こう見えて、人望は結構あるのですよ。まあ、見目麗しい方なので、女性人気という側面もありますが。数年前の大幅な減税は、サバレン様が領主様を説き伏せたと聞いてます。それはもう領民は大喜び。余裕ができて買い物が増えたので、商人も儲《もう》けが増えたとか」

「ほう、領民には有り難い話だな」

「ただ、ここだけの話、税収が減ったせいで領主様のお台所事情は火の車らしく、近い内に破綻して、お取り潰しになるかも、との噂《うわさ》も……」

「結局考えなしかよ！」

辺境に位置しながらも、クルスターク領は存外に栄えている。

冒険者ギルドが発足して十年余り、いまだ迷宮特需に陰りは見えない。最近では、迷宮を多く抱える辺境と王都ばかりが繁栄を極め、それ以外の地域で空洞化が起き始めていると聞く。

さらに迷宮を求めて集まった冒険者が、武者修行とばかりに魔獣を狩るため、辺境特有の魔獣被害すら最小限に留まっている。

代々の領主であるクルスターク家は武門の家系ということもあり、質実剛健で手堅い領地運営を続けている。お抱えの兵士も練度が高く、治安も安定している。現当主のクルスターク卿《きょう》もなかなかの人格者らしく、民の信頼も厚い。

はたから見る限りでは、クルスターク領に不安要素はない。あるとすれば、目の前にいる領主子息くらいなものだ。

「よし、決めたぞ！」

何やらぶつくさと呟いていたサバレンが、急に大声を上げた。

「そいつが斥候だというなら、ここは、斥候勝負としよう」

「はい!?」とガットロウの声が裏返る。

「相手に有利な状況で勝つ、これこそが武門の誉れというものだ。我輩とそやつで、斥候の技量勝負といこうではないか！」

サバレンを除く全員が、一斉にポカンと口を開けた。貴族が斥候の技で勝負？　正直、訳が分からない。

「斥候勝負といいますと、森でお互いに隠れて先に相手を見つけるとか、鍵の早開け勝負などでしょうか？」

ガットロウがサバレンに尋ねた。

「ふむ、そうなるのか？」

サバレンは首を傾げている。やはり、自分で言いだしておいて、何も考えていなかったようだ。

「索敵は隠れんぼとは違う。鍵も早く開ければ良いというわけではない」

アルバが不満を口にする。彼は彼なりに斥候の仕事に矜持《きょうじ》を持っている。お遊びと一緒にされては堪らない。

責めるような視線を向けるガットロウを見て、アルバは自分の失言に気づいた。せっかく事を穏便に済ませようとしていたガットロウの気遣いを完全にふいにした格好だ。

「……スマン」

素直に謝ったアルバにため息をつくと、ガットロウはサバレンに言う。

「サバレン様、実は【鷹の目】には早々に攻略しなければならない迷宮がありまして、決闘につきましては、後日改めて相談させて頂くわけには参りませんでしょうか？」

【鷹の目】が迷宮攻略を急いでいるのは事実である。

【生きている迷宮】では倒した魔物はいずれ再召喚される。前回の攻略から数日を経ているため、魔物はすでに再召喚済みだ。今回の場合、そちらは致し方ない。

問題は、時間経過とともに通路の配置すら変化することがある点だ。そうなると、前回得た道順や敵の配置の情報すら意味を失ってしまい、攻略の手間が大幅に増えてしまう。それだけは避ける必要があった。

「何？　そうなのか？」

「はい。西の森にある、通称【眠り姫の迷宮】を攻略――」

「【眠り姫の迷宮】!?」

サバレンの体がわなわなと震えている。一体何事かと、ガットロウは慌てふためく。

「あの……サバレン様？　いかがな――」

「それだ!!　【眠り姫の迷宮】！　ああ、何ということだ！」

サバレンは感極まった様子で、拳を握りしめ、天を仰いでいる。

「我輩もその【眠り姫の迷宮】へ行くぞ！　決めた！」

「え？　あの……どういうことで？」

ガットロウは腰が引けるくらい、おたおたとしている。筋肉達磨の髭親父が、みっともないことこの上ない。

「何だ？　何か問題でもあるか？」

問題しかない。領主子息が迷宮に入るなど、危機管理上、問題しかない。

「ええと、その……あの、決闘の話は、どこへ？」

ガットロウも混乱しているようで、決闘から逸らしたはずの話を、再び決闘の話に戻してしまっている。

「うん？　そうだ！　決闘だ！　その迷宮で決闘すればいい。迷宮攻略が冒険者の本分なのだろう？　ならば、迷宮攻略で勝負だ！　お互いのパーティーで同時に迷宮にいどみ、どちらが先に攻略するかで勝負だ！」

サバレンが鼻息荒く宣言する。

ガットロウは頭を抱えている。その横で、ミュスカも頭痛を感じたのか、額を押さえている。

先程までは面白半分に事の成り行きを見守っていた【鷹の目】の女性陣も、迷宮攻略に差し障りそうな事態に至っては、笑い事では済まされない。

【鷹の目】の面々は皆一様に、この上なく面倒くさそうに顔をしかめるのであった。

3. 支部長は胃が痛い

「すまん！」

【鷹の目】の面々を前に頭を下げているのは、ギルド支部長のガットロウである。

ガットロウの後ろでは、四人の兵士が馬から荷を下ろす作業を行っており、その作業を手伝おうとするサバレンを兵士たちが執拗に止めている。

ここは【眠り姫の迷宮】の入り口に設営された野営地である。

【鷹の目】のメンバーは、これから迷宮を攻略すべく、準備を整え終えたところだ。

そこへ、後から到着したサバレン一行が『自分たちが準備を終えるまで、迷宮に入ることはまかりならぬ』とイチャモンを付けてきた。

ぶっちゃけ、サバレンを無視して迷宮に入っても良かったのだが、まずはガットロウの話を聞こう、ということになった。

「結局、説得は失敗したのですね？」

モナが弱り顔でガットロウに尋ねた。

ガットロウは困り果てた顔で、しきりに頭を掻いている。

「ああ。聞く耳持たずだ。迷宮に入れるパーティーは一度に一組だけ、二組以上なら合同パーティーを組むこと、というのは冒険者が対象の規約だからな。この国では、ギルドが迷宮攻略の独占契約をまだ取れていない。とどのつまり、部外者が迷宮に入るのを制限する手段が一切ないわけだ」

魔物と罠に満ちた危険な迷宮は、同時に魔石の宝庫でもある。欲をかいた領主が自前の兵で迷宮攻略を行い、多数の死傷者を出し、結局は兵の治療費や遺族手当で足が出た、なんて昔話には事欠かない。

いつの頃からか、迷宮攻略は命知らずの馬鹿に任せて、死ねばそれまで、生きて帰った奴から魔石を買い取るのが利口なやり方、というのが常識になった。

領主たちはこぞって迷宮に関する一切の権利を放棄した。権利に付随する管理義務の方が重くのしかかることになったからだ。そうして迷宮は、誰もが許可なく立ち入れる場所になった。

やがて、迷宮攻略を行う命知らずの馬鹿は冒険者と呼ばれるようになった。彼らはギルドを立ち上げ、遂《つい》には国に対して迷宮攻略の独占権を要求するに至る。

迷宮攻略の歴史は長くも短い。多くの灰色領域を残したままの、いまだ黎明《れいめい》期と言えた。

「最後の望みは領主様に止めて頂くことだが、あいにく数週間は不在だそうだ」

ガットロウの説明に打つ手なしと悟ったのか、一同押し黙る。

「それにしても、パーティー同士で迷宮攻略競争なんて訳の分からない発想が、どこから出てくるんだか」

沈黙に耐えかねたのか、ラキアが呆《あき》れ果《は》てた声を上げて無理やり話題を変えた。

ガットロウが恨めしそうにアルバを見る。

「斥候勝負なんて言うから、てっきり森での隠れんぼか、鍵の早開けなんかで済ませられると思ったんだが……」

「すまん」

素直に謝ったアルバの横で、ユリシャが腕を組み、下手くそなアルバの声真似をする。

「『索敵は隠れんぼとは違う。鍵も早く開ければ良いというわけではない』キリッ」

「だから、スマンかった。失言だった！」

「ほんと、馬鹿よねぇ」

「あっはっは。アルバ殿にも失敗はあるさ。むしろ吾の目には【眠り姫の迷宮】という名が決定的だったと映ったが？」

ケイティの指摘に、モナとラキアも同意する。

「確かに……何か鬼気迫るものがありましたわ」

「【眠り姫の迷宮】と聞いた直後は完全に常軌を逸していたわよね」

「まあ、【眠り姫の迷宮】という名は、吾が聞いても興味をそそられるが」

「その【眠り姫】は、実存？ 健在？ するの？」

スタークの街に来て間もないケイティとユリシャは【眠り姫】に興味津々だ。

「もちろん、実際に存在する。自慢じゃないが、五年くらい前には俺自身この目で見ている。最後にここを攻略したパーティーが、半年くらい前だったか、現存を確認している。お前らも期待しておけよ」

ガットロウはスタークの街では古株であり、数年前までは現役の、しかもギルドの支部長に収まるほどの凄腕《すごうで》の冒険者であった。当然ながら、スターク近傍の迷宮はほとんど攻略済みである。

なおこの話、アルバ、ラキア、モナの三人はすでに耳タコである。放っておくと、また長話が始まりかねないと感じたアルバは、話をぶった切るべく、先程から浮かんでいた疑問を口にする。

「ところで、わざわざ謝るためだけに、支部長自らここまで来たのか？　いつも忙しそうにしているのに？」

「説得に失敗した手前、一言もなしとはいかんだろう？　まあ、謝罪はついでで、俺はあちらのパーティーに同行するつもりだ。あいにく腕の立つ奴で、手が空いているのがいなくてな。俺自身が出張ってきた。あれを見て、放ってはおけまい？」

　ガットロウが背後で準備を整えている兵士たちを指差す。

　槍と盾を持ち、腰に片手剣を装備した兵士が二人。弓と矢筒を担ぎ、やはり腰に片手剣を装備した弓兵が一人。黒マントの魔術兵が一人。

　槍と盾の前衛兵二人で敵の攻撃を防ぎ、弓兵が遠距離狙撃と魔術師の護衛、魔術兵が広範囲攻撃と支援、といった構成だろう。全体のバランスは悪くない。というより、これが軍隊の作戦なら理想的な尖兵《せんぺい》の班編成だと思える。

　だが、迷宮攻略では理想的とは程遠い。

　まず弓兵が頂けない。体格や担いでいる強弓を見る限り、魔力持ちではないだろう。『魔力と筋力は両立しない』からだ。つまり【暗視】が使えない。

【暗視】が使えない射手は迷宮内ではあまり役に立たない。魔物が暗がりに逃げ込んだらお手上げになるからだ。魔術兵に【照明】の魔術を使ってもらう手もあるが、魔術兵にかかる負担を考えると現実的ではない。

　次に、神官がいない。誰か一人でも重傷を負えば、その時点で撤退するしかない。

　しかし、これは致し方ないだろう。神官には『聖戦以外の戦争には加担しない』という制約があるため、恩寵を使える兵士は存在しない。また、神殿はギルドの後援者でもあるため、今回のようにギルドの意向にそぐわない行為に対して人材を貸しだすこともない。

　そして、やはりというか、斥候がいない。魔術兵なら【暗視】や【消音】は使えるだろうが、隠密技能や罠の知識など持っているとは思えないので、斥候にはなりえない。

　さらに、何にも増してまずいことに、兵士たちは皆、目が死んでいる。

　領主お抱えの兵士たちが領主子息に逆らえず、駆りだされたといったところか。しかも、迷宮なんて未知の場所にいどまなくてはならない。そりゃあ士気も下がろうというものだ。

「確かに、罠にはまって全滅する未来しか見えないな」

「勘弁してくれ！　領主の息子を見殺しにしたなんてことになったら、おおごとだ」

　アルバの不穏な発言に、ガットロウが悲鳴を上げた。手が胃の辺りに伸びている。

「では、ガットロウさんが、あちらのパーティーを先導するのですか？」

「いや、向こうは、わざわざ人数を合わせてきたんだ。俺が手を貸しちゃあ、公平な決闘にならないだろう。後ろから付いていって、罠に気づいていなければ注意する。むしろ軽めの罠にはまって、適当に怪我して、早々に断念してくれることを期待してるよ」

「怪我させちゃって大丈夫なの？」

ラキアが半笑いでガットロウに問いかけた。完全に面白がっている。

「万が一のために、ギルドの金庫から最上級の魔法薬を持ってきた。これでなんとかならなけりゃ、もう知らん！」

「投《な》げ遣《や》りはいかんぞ、ガットロウ殿。注意散漫になる」

ケイティが大真面目にガットロウに忠告した。

そんな話をしていると、荷降ろしと準備が終わったのか、サバレンが近づいてきた。

「さて、各方、準備は済んでおろうな」

無理やり待たせておいて、この態度である。

「ルールは心得ておるな。戦利品の総額が高い方が勝ちだ。ただし、こちらは鍵開けができる者がおらぬから、宝箱から得た物は除く。つまり、魔物から得た魔石の価値で勝負だ！」

サバレンは当初『迷宮の最深部に先に到達した方が勝ち』というルールを主張していたが、最終的にこのルールに落ち着いた。ガットロウの説得が功を奏した結果だ。

ただでさえ危険な迷宮をスピード優先で駆け抜けるなど、命がいくつあっても足らない。冒険者が脇道を無視して先に進むのは、単に下層階の方が実入りが良いためだ。迷宮攻略の目的はあくまで迷宮内の資産を持ち帰ることにある。

「ルールも何も、決闘自体、受けるともなんとも言っていないんだが？」

「うるさい！　黙れ！　これは決定だ！」

揶揄するアルバに、サバレンはまるで駄々をこねる子供のように喚《わめ》いた。

サバレンとアルバを面と向かわせていると碌《ろく》なことにならないと考えたのか、ガットロウが割り込んでくる。

「サバレン様、わたくしも、そちらのパーティーに同行させて頂きます。もちろん、決闘に手出しはいたしません。あくまで万が一の保険とお考えください。ただし、危険と判断しましたら、即座に介入いたします。決して無理はなさらないように」

「うむ。ガットロウ殿は多くの迷宮を制覇した歴戦の強者と聞く。さぞかし強いのだろうな。当てにしている」

サバレンの発言は、アルバにとって意外なものだった。貴族は冒険者を侮りがちで、訓練を受けた兵士に劣ると考えている者が多い。社交辞令だとしても、少々褒めすぎである。

「さて、それでは、どちらのパーティーから迷宮に入りますか？　迷宮内の通路は狭いので、さすがに同時とは行きませんが」

「うむ……」

ガットロウの問いかけに、サバレンが黙り込む。これまた、何も考えていなかったらしい。

「ええと……【鷹の目】はすでに一度、中層階まで攻略を終えております。彼らを先に行かせれば、上層階はすんなり通れると思いますが……」

ガットロウが遠慮がちに提案する。

「ふむ、【鷹の目】に地の利があるわけだな？　ならば、こちらが先行しても卑怯には当たるまい。先に魔物を狩りつくされても、文句は言うまいな！」

「あ、いや、そうではなくて……」

当てが外れたのか、ガットロウが困惑している。

【鷹の目】が先行すれば、後続は魔物が排除されて罠にも目印が付いた状態の迷宮を歩ける。ガットロウほどの経験者ならば【鷹の目】の残した痕跡を追うのは容易く、道に迷う心配もない。

おそらくガットロウの目論見《もくろみ》では、安全な道を適当に歩いた後、危険度の少ない罠なり敵なりに誘導して、早々に迷宮攻略を諦めてもらう筋書きだったのだろう。

「よし！　では行くぞ者ども‼」

サバレンが意気揚々と先頭を歩きだし、その後に死んだ目の兵士たちが続く。

殿は、がっくりと肩を落としたガットロウである。

「じゃ、お先に……」

「ま、頑張れ」「気を付けてねー」「お怪我のないように」「ご武運を！」「ご安全？に〜」

【鷹の目】の面々に見送られて、ガットロウの背中が迷宮の中へと消えていった。

4．兵士たちは迷宮を攻略する

「迷宮とはこんなに暗いものなのか？」

迷宮に入って間もなく、一行の先頭を歩くサバレンが誰に聞くでもなく言った。

「この、カンテラという物も、もう少し明るくならないものか？」

そう言いながらサバレンは腰に吊るした魔術カンテラを小突いている。

「サバレン様、危険ですので兵の後ろにお下がりください」

「上層階にいる魔物はゴブリン程度と聞いている。何を臆するものぞ」

兵士の忠告を無視して、周囲に気を配るでもなく、先頭を進むサバレン。その様子が今にも罠を踏みそうで、ガットロウは気が気でない。

まだ斥候職が冒険者に浸透していなかった当時を知るガットロウは、罠に対する知識も、罠で痛い目に遭った経験も、若い冒険者とは比べ物にならないほど豊富だ。

「サバレン様、迷宮内で最も危険なのは罠です。壁の突起や床のタイルなど、不自然なものにはくれぐれも触れぬように」

「そうなのか。ガットロウ殿がそう言うのなら気を付けるとしよう」

言葉の内容とは裏腹に軽い口調で返答するサバレンに、ガットロウの不安は募るばかりだ。

その時、不意に暗闇の中から一匹のゴブリンが現れた。

ゴブリンとサバレンの目が合う。

「ギャギョギュギョァー」「あひゃあ！」

ゴブリンが独特な叫び声を上げ、つられたようにサバレンも情けない声を上げた。

「【シーカー】だ。敵が出てくるぞ。戦闘準備！」

反射的にガットロウが指示を出し、それを受けて兵士たちは隊列を整える。

問題はサバレンである。いまだ前衛兵の前で突っ立っている。というか完全に固まっている。

「サバレン様！」

前衛兵の一人が槍を捨てて駆けだし、サバレンの腕を摑んだ。後ろから腕を引かれて尻もちをついたサバレンの足元に矢が飛来し、鋭利な音を立てて床を跳ねる。

もう一人の前衛兵も走り出て、間一髪で飛来した矢の雨から盾でサバレンを守った。

「くっ。見えん」

弓兵が弓を構えるが、敵の射手は闇の中だ。

「弓はこっちで対処する。サバレン様を！」

魔術兵が暗闇に向けて破壊系魔術の【火球】を放った。槍を携えたゴブリンの群れが炎に照らしだされる。

弓を捨てて走り出た弓兵は、途中で拾った槍の柄尻で前衛兵の肩を叩く。

「槍を！」

「有り難い！」

前衛兵が肩越しに槍を受け取って構え直した直後、暗闇から出てきたゴブリンの集団が前衛兵に向けて槍を突き始めた。

弓兵は尻もちをついているサバレンの両脇に手を入れ、ずるずると後方へ引きずる。

「うまいぞ！　魔術は火炎系でもいいが、できれば雷撃系か冷気系で。魔物は熱に強い。弓は諦めてサバレン様の護衛を」

「「了解！」」

指示を出しつつ、ガットロウは安堵《あんど》した。予想以上に兵の動きが良い。精鋭を連れてきた、というサバレンの言葉に偽りはないらしい。

前衛兵二人が盾でゴブリンの槍を防ぎ、魔術兵が前衛の頭越しに敵の弓兵を攻撃する。

飛来する矢の数が減ったところで攻勢に転じ、魔術兵が【雷撃】で敵の槍兵を攻撃、怯《ひる》んだ敵を前衛が確実に仕留めてゆく。

いつの間にか敵の弓兵は全滅したか逃げ去ったようで、矢の飛来も止《や》んでいる。

「全滅確認。状況終了」

【暗視】で暗闇を見渡していた魔術兵が戦闘終了を宣言し、全員がほっと息をついた。

「いや、上々。初めての魔物との戦闘としては、十分でしょう」

ガットロウは手放しで兵士たちを褒めた。

「ガットロウ殿、ご助言感謝します。それにしても、魔物というのは意外に人間、というか兵士に近い動きをするのですな。もっと、こう、無秩序で獰猛《どうもう》なものかと思っていました」

ガットロウに話しかけてきたのは魔術兵である。

「野生動物の群れでも、狩りをする時は役割分担をするものです。まして、人間と同じ武器を使っているのですから、経験を積むと自然に兵士に近い動きに行き着くのでは？」

ガットロウは柄にもなく丁寧な言葉遣いで対応した。日頃からギルド支部長として、冒険者と兵士との揉《も》め事《ごと》を避けることに腐心しているため、下手に出る癖がついているのだ。

「なるほど。むしろ我々にしてみれば、対人戦闘と同じ要領で戦えるので有り難い。暗闇での戦闘は不慣れですが、なんとかなりそうだ」

　夜戦は、数、射程、地形などの不利を背負った側が、相手の有利を覆すために行うものだ。不利を承知で戦う貴族などいない以上、軍隊が暗闇での戦闘を想定する道理はない。

「それと、迷宮内では索敵はどうしているのです？　屋外と違って、【望遠】と【暗視】の組み合わせだけでは、どうにもならないでしょう？」

「通常は【暗視】が使えて隠密に優れた者が斥候として先行し、敵の様子を探ります。しかし隠密が未熟ならば一人で先行するのは危険です。見通しの悪い場所では常に臨戦態勢で臨むしかないでしょうな」

　ガットロウの説明に魔術兵は深くうなずく。

「なるほど。了解しました。そうなると残る問題は弓兵ですな。こう暗くては、弓が使えない」

　軍には【暗視】を使える弓兵は存在しない。めったに起こらない夜戦を想定して、筋力に劣る魔力持ちを弓兵に据える利点がないためだ。

「【照明】の魔術を使う手もありますよ」

　そう言って、ガットロウは天井を指した。

「なるほど、そうか。戦場と違って、ここには天井があるのか。普段使う機会がないので失念していましたよ」

【照明】は無機物を発光体に変化させる変性系魔術である。夜戦自体が稀な上、高い位置に無機物が露出していないと広範囲を照らせないため、魔術兵が使う機会はほとんどない。

「しかし……【照明】は結構魔力消費が多いですからね。私の魔力では後がつらいなぁ」

魔術師は体内魔力が過度に減ることを嫌う。単に魔力切れを恐れてというより、魔力の回復速度が低下することを恐れてのことだ。

魔力の回復速度は体内魔力の残量に比例する。そのため、体内魔力を高めに維持しないと、低級魔術を連射するだけでも魔力の消費速度に回復速度が追いつかなくなる。消費の大きい魔術は決着をつけるための最後の一撃に使うのが魔術師のセオリーである。

ちなみに体内魔力の残量がごくわずかになると魔術師は『魔力が尽きた』と感じて無意識に魔力の放出を止めるため、体内魔力が完全になくなることはない。

「まあ、弓兵はサバレン様の護衛に専念しても良いでしょう。私が護衛しても構いませんが、それでは決闘の趣旨に反するでしょうし」

ガットロウはサバレンを介抱している弓兵へと視線を移した。どうやらサバレンもようやく平静を取り戻したようだ。

「よし、魔物から魔石を取ったら、先に進むぞ」

指示を出すサバレンの声は、わずかに震えて上ずっている。

「それと、ゴブリンには無理に止めを刺さずともよい。もし死にかけのゴブリンがいたら、我輩自らが止めを刺す」

「は？　了解しました」

突然、不可解なことを言うサバレンに、全員が困惑している。
なぜ、領主の子息自らが汚れ役を買って出るのか？　もしかしたら、この機会に生き物を殺すことに慣れておくつもりだろうか。だとすれば、武門の家系であり、いざとなれば戦場に赴くことになるクルスターク家の跡取りとして、なかなかに立派な心がけである。

「それと……忠告に従って、我輩は一番後ろを歩くことにしよう」

「いやいや、サバレン様、一番後ろも危険ですから、隊の中央にいてください」

「うむ……そうか？」

結局、一行は前衛兵の二人、魔術兵、サバレン、弓兵、ガットロウの順番で進むことになった。

その後は少数のゴブリンに出くわす程度で、一行は順調に迷宮内を進んでいった。とはいえ、罠に注意し、曲がり角ひとつあるごとに敵襲を警戒しながら進むため、その歩みは遅い。
途中、撃退したゴブリンの中に何匹か死にかけが出たため、サバレンが宣言どおりに止めを刺した。かなり、おっかなびっくりな様子であった。
一行が迷宮を進んでいると、通路の道幅が次第に狭まり、人一人がやっと通れるほどになった。

「ギャギョギュギョァー」

通路の先からやってきた一匹のゴブリンが、こちらを見つけて叫び声を上げ、そのまま回れ右して通路を引き返していった。間違いなく【シーカー】だ。
一行が【シーカー】を追う形で先に進むと、通路の先に灯《あか》りが見えてきた。

「止まれ！　広間だ」

先頭の前衛兵が通路上で盾を構えて立ち止まると、その頭越しに矢が飛来した。後続の前衛兵が盾を掲げて矢を防ぐ。矢は次々に飛来して、盾の上で乾いた音を立てた。

上下二枚の盾に遮られ、三人目以降は前の様子がまったく見えない。

「中にはゴブリンが二十ほど。その内の六、七が弓だ」

前衛兵が広間の中を確認して報告した。

「押し込めるか？」

「厳しいな。囲んで待ち構えている」

先程から盾に槍を突き立てる音がひっきりなしに響いている。ゴブリン十数匹を一度に押し返せる腕力がないと、前に出られそうにない。

「盾を下ろした瞬間に魔術を放つ。出たとこ勝負になるが、それでなんとか数を減らそう。準備いいか、三、二、一、それ！」

前衛兵の二人が一斉に膝をつき、下がった盾越しに魔術兵が魔術を放つ。

魔術と入れ違いに飛んできた矢を前衛兵が盾を掲げて防ぐが、一本だけ通路の中へと飛び込んでくる。

「ひいゃい！」

変な悲鳴を上げたサバレンの脇をかすめ、矢は通路の壁面に当たって落ちた。

「どうだ？」

「一体、倒したように見えたが、分からん」

「もう一度だ」

「広間の中で敵が左右に分かれたようだ。撃つなら、中央ではなく、なるべく左右に」

「ここからでは狙いにくいな。ええい、面倒な！」

　列の三番目にいる魔術兵は、どうにか広間の左右に魔術を撃てないものかと苦心している。

　この時点で殿にいるガットロウにできることはない。仕方がないので、これが冒険者ならどうなっていたか、などと考察を始める。

（先に斥候が【シーカー】を始末できていれば、敵が油断している間に前衛が広間に押し入れる。後は魔術師が前衛越しに敵の弓兵を始末できれば、勝ったも同然か。魔術師が狙撃される危険性もあるが、まあ、いざとなりゃ神官の守りの恩寵や癒やしの恩寵でどうにでもなるしな。所詮、冒険者はヤクザな商売、多少の危険は織り込み済みさ）

　通路の先で戦っている兵士の様子をうかがいながら、ガットロウはため息をつく。

（時間がかかりそうだな、こりゃ）

　兵士たちとの迷宮攻略は、斥候がいなかった当時をガットロウに思い出させた。

（斥候が先行している間はパーティーの足が止まるが、その後は安全な道をスイスイ進める。罠と敵襲にビクビクしながらちんたら進むのと、そう変わらんよなぁ。なにより、戦闘は斥候がいてくれた方が奇襲で早期決着することが多い。それをひっくるめりゃ、所要時間はトントンか。メンバーの疲労度は、比べるまでもないな。ぶっちゃけ斥候を待っている間は休憩時間だし、負担の大き

い斥候だって、戦闘中は後衛の護衛くらいで楽ができるからな）
迷宮で罠の次に危険なもの、それは疲労による集中力の低下である。迷宮では一瞬の油断が命取りだ。
（やっぱ、斥候大事だわ）
罠と敵襲を警戒しながらの前進に精神的な疲れが出始めたガットロウは、斥候よろしく、戦闘中に気を抜きまくるのであった。

5．冒険者は上層階を難なく進む

「そろそろ、頃合いでしょうか？」

モナの問いかけに【鷹の目】の面々がうなずく。サバレン一行が出発してから、すでに四半刻《はんとき》は過ぎている。

「俺は、罠に印を付けながら、最初の広間まで進む。あそこまで脇道はない。魔物は先行したパーティーが片付けているはずだ。四人は少し後から来てくれ。広間で落ち合おう」

「分かったわ」「了解です」「心得た」「おっけー？」

他のメンバーを迷宮入り口に残して、アルバは一足先に迷宮に入った。

アルバは迷宮内の通路を足早に進む。

（前回から罠や敵の配置に変化なしか。スライムに消された罠の目印を付け直すだけで済む。楽なもんだな）

途中、兵士たちが倒したのであろうゴブリンの死体を横目で見ながら、ほぼ何事もなく、最初の広間に続く狭い通路に到達した。

通路を塞ぐようにしてガットロウが腰を下ろしている。

「よう」

アルバに声をかけられ、ガットロウが少し驚いた顔をした。

「なんだ、もう来ちまったのか」

「まあな。そっちは？」

「今しがた、前衛が突入した。もうそろそろ終わるだろう。俺もちょうど腰を上げようとしていたところだ」

「全員無事か？」

「今のところはな。ただし、もう結構疲れてきてる」

「いやいや、まだ最序盤だろ？」

アルバの呆れた声に、ガットロウは苦笑いする。

「正直、罠と敵襲にビクつきながら歩くだけで、こんなに疲れるものかと驚いている。久方ぶりになるが、斥候なしの迷宮はおっかないもんだな」

「おいおい、『剛腕ガットロウ』の名が泣くぜ？」

「お前だって聞いたことあるんじゃないか？　初心者の頃は『ノミの心臓のガットロウ』だったんだよ。今でもよくからかわれる」

『心臓にだけ毛が生えていない男』ってのは聞いたことあるな」

鎧の隙間からのぞくガットロウの毛深い首筋を見ながら、アルバが言った。

ガットロウは大げさに顔をしかめる。

「それは忘れろ。面白すぎる。また流行《はや》ったら堪らん」

「今なら『心臓と頭頂部にだけ毛が――』」

「それ以上言ったら、ぶっ飛ばすぞ！　……さてと行くか」

ガットロウは立ち上がると通路の奥へと歩き始めた。アルバもそれに続く。

広間の中では兵士たちがおぼつかない手付きでゴブリンの死体から魔石を取りだしていた。

「なんだ、もう来たのか？　フフン、焦って我輩らのすぐ後に出発したな？」

アルバの姿を見つけて得意げに声をかけてくるサバレン。

否定するのも面倒なので、アルバは無視を決め込む。

「無視するな！」

そう言われても、付き合う義理はない。アルバはサバレンを無視し続けた。

兵士たちが魔石を回収し終えた頃、広間に【鷹の目】の女性陣が到着した。

「どうだ！　我輩らはすでにこれだけの魔石を収集したぞ！　早くも勝負は決してしまったのでは

ないか？」

サバレンが魔石を入れた革袋を持ち上げてみせるが、【鷹の目】の一行は苦笑いである。

「さて、【眠り姫】に会うためにも、先を急ぐとするか！」

サバレンに急《せ》かされて、兵士たちは広間を出てゆく。その後ろをガットロウが追い、さらに後ろに【鷹の目】が続く。

狭い通路を抜けると、道が二手に分かれている。

サバレンが後ろを振り向いて、何か言いたげにしているが、道順を教えてやる義理は【鷹の目】の一行にはない。

「そちらが先でしょ？　お好きにどーぞ。てか、とっとと決めちゃってよ」

涼しい顔でラキアがサバレンを急かした。

「うむ。……こっちか？　いや、こっちだ！」

サバレンは当てずっぽうで道を決め、それに従って兵士たちが道を進んでゆく。

ガットロウは【鷹の目】の面々の表情から何かを察したらしい。

「じゃ、また後でな。おっとそうだ。中層階の大広間にある【転移の魔法陣】な、使わないでおいてくれると助かる。多分、その辺りで引き返すことになりそうだ」

「えー、知らないわよ」

「ラキアさん！　分かりました。できる限り使用は控えます」

「おう。すまんな」

ガットロウが去った後、【鷹の目】の一行はサバレンが選んだのとは逆の道へと進む。つまり、こちらが正しい道である。

「じゃあ、俺は先行する。後はいつもどおりに」

「アルバ殿の背中が見えたら一旦停止。待機の印があったら、その場で待機。で間違いないな」

「ああ。それでいい」

「いってらっしゃーい？」

アルバとの本格的な別行動は今回が初めてとなるケイティは、用心深く確認を入れる。一方、ユリシャは緊張感なく、ひらひらと手を振ってアルバを送りだした。


アルバは四人と別れて、一人足早に通路を進む。

（ここから先は魔物がまだ生きてる。しかし、敵の位置も【シーカー】の行動範囲も把握済み。まだまだ気楽なもんだな）

途中、【シーカー】を何体か排除しながら、罠に目印を付け、解除できる罠は解除し、分岐路に進むべき方向を記して、アルバはどんどんと先に進む。この辺りの【シーカー】は脇道の群れに属しているため、排除してしまえば群れの本隊は無視できる。

やがて、アルバは中間地点で直角に曲がった広めの通路に到達した。

（ここは……前回、三馬鹿が重傷を負わされた場所だな）

大した日数が経ったわけでもないのに、随分と懐かしく感じる。

ゴブリンから察知されない位置に待機の印を残し、アルバは【シーカー】を狩るべく暗闇へと身を投じた。

二匹の【シーカー】を排除し終え、アルバが待機場所へ戻ると、すでに女性陣が到着していた。

アルバは状況を説明する。

「角の窪地にゴブリンが十五匹。内、弓が七匹。ラキアに一撃かましてもらえば、混乱している間にケイティとユリシャが斬り込めるだろう」

ラキアが【側撃雷】を使うことを提案し、一行は手《て》筈《はず》を確認する。

【側撃雷】は複数の標的に伝播する雷撃系の魔術である。致命傷は与えられないが、多数の敵を痺《しび》れさせて動きを鈍らせることができる。ただし、敵味方の区別なく雷撃が伝播するため、混戦ではまったく使えない。

消費の大きい【側撃雷】だが、他の魔術師とは違い、ラキアは使用をためらわない。先制攻撃が同時に勝負を決める一撃になると確信しているからだ。

再び一人で先行したアルバが目標を指示し、ラキアが号令とともに【側撃雷】を放った。

次の瞬間にはケイティとユリシャが窪地へと突撃し、その間にアルバは【側撃雷】を受けて棒立ち状態の弓兵を投剣で無力化または弱体化してゆく。

ケイティとユリシャが窪地へと到達して五呼吸に満たないうちに、勝敗はあっけなく決した。

「魔石はどうする？」

ゴブリンの死体から投剣を回収しながら、アルバは一応皆に聞いてみる。

「いらないでしょ」「時間の無駄ですよねぇ」「不要」「いらんちゃ！」

「だよなぁ」

魔石とは魔力の源である魔素が結晶化したものである。魔素が薄い地上では魔力源としての価値がある。

魔石は、その表面から魔素が少しずつ昇華してゆくため、放っておくと次第に小さくなって、いずれは消えてしまう。体積当たりの表面積が大きいほど、つまり粒が小さいほど、昇華は速くなり、寿命は短くなる。

そのため、小さい魔石をたくさん集めても、同じ重さの大きな魔石ひとつより、価値はずっと低くなる。ゴブリン程度の魔石では、街に戻る頃には重さが半分くらいになるまで昇華するため、一握りいくらで買《か》い叩《たた》かれるのが落ちだ。

ちなみに、魔素を密封できる容器に入れれば、ある程度は昇華を防げる。ただし、密封容器は高価かつ重量がある。【鷹の目】でも手のひらに乗る大きさの容器をひとつ用意するのがやっとだ。

つまるところ、ゴブリンの魔石は取るだけ時間の無駄、ゴブリンとの戦闘など何の実入りもなく、避けるに越したことはないのである。

【鷹の目】は実入りのある中層階を目指し、先を急ぐことにした。

6．冒険者は中層階を難なく進む

その後も順調に迷宮攻略を進めた【鷹の目】の一行は、中層階へ到着した。

中層階に降りて最初の広間は、前回の攻略で一日目の野営地に使った場所であり、オークが五匹ほどいることが分かっている。

オークは、人間と同等の体格をした豚面の鬼である。ゴブリンより個体としては強力だが、群れの団結は弱く、連携はあまり取ってこない。こちらの実力さえ足りていれば、御しやすい相手だ。

ちなみに豚面だが特に鼻が利くわけではない。魔界は常に悪臭が立ち込めているため、魔物の多くは鼻が利かないと言われている。

オークにも当然ながら【シーカー】はいるが、ゴブリン・シーカーとは違い、活発には動かない。また、敵を見つけても、味方を呼んだり味方の元へ逃げ帰ったりはせず、踏みとどまってその場で戦おうとする。もっとも戦いに際して叫び声を上げるため、結局は近くにいるオークを呼び寄せることになる。


例のごとく一人先行したアルバは、通路に出っ張った柱状の隆起の陰に身を潜めていた。

広間の方から近づいてくる足音を合図に、【消音】と【迷彩】を発動する。

一匹のオークが、アルバのすぐ横を通り過ぎてゆく。

次の瞬間、背後からオークへと飛びついたアルバは、片手で相手の顎を持ち上げつつ、ダガーでその首を掻っ切った。

オークが音を立てて膝から崩れ落ちる。

アルバはオークの顎を掴んだまま、オークに足を絡ませて、もろともに壁際へと転がる。その状態で身じろぎせずに数呼吸。広間のオークに動きはない。

その場に死骸を残し、アルバは【消音】を発動し直すと、広間の入り口まで進んで内部の様子を確認した。


その後、仲間が待機している場所へと取って返したアルバは、床に簡単な図を描いて、広間の様子を説明する。

「前回と同じだな。二十歩四方の四角い広間の真ん中に、オークが四匹。棍棒持ちと、剣と盾持ち、槍持ちが二匹。入り口と出口は互い違いに広間の隅につながっていて、通路からは射線が通らない」

「オークは猪突《ちょとつ》猛進なのよね。うまく誘ってやれば、通路まで誘導して各個撃破が可能だと思うけど……」

「体当たりを止められるでしょうか？」

ラキアとモナがケイティを見る。

元メンバーで盾使いのガウスなら、正面からオークの体当たりを止めることができた。だが、ケイティは仮にも女性だ。現状、ケイティ自身の荷物に加えて、アルバの荷物全部とラキアの荷物の半分を軽々と運んでいたとしても、一応女性である。

「なんでしたら【力を授けよ】の恩寵を賜りますか？」

【力を授けよ】は対象の筋力を大幅に向上させる恩寵だ。『筋力が増す』と言えば単純だが、ラキアに言わせれば、これまたデタラメな効果だそうだ。

筋力を増すなら、それに耐えうるだけ腱《けん》や靭帯《じんたい》も強くする必要がある。骨も強くしないと骨折の危険性が増す。血流も向上させないと力を持続できない。それには心肺機能の強化も必要になる。つまるところ、肉体のすべてを強化する必要がある。

さらに言えば、全身の筋力が増すということは、相対的に自分の体重がいきなり軽くなるようなものだ。本来なら慣れるまでは思いどおりに動けない。ところが【力を授けよ】は賜った直後から普段と変わりなく行動できてしまう。つまり、肉体操作に関する神経なり認識なりも補正されていることになる。

仮に同じことを魔術で行おうとすれば、同時にいくつの魔術を行使する必要があるのか、どれだけ膨大な魔法陣になるのやら、考えるだけで途方に暮れるそうだ。

「いや、オークの身体能力は大男と大差ないと聞く。貴重な恩寵を浪費するまでもない」

そう言いきるケイティ。

一応、アルバからも対案を提示する。

「こういう手もある。俺が先に広間に侵入するから――」

話し合いの結果、アルバの案が採用された。

【消音】と【迷彩】で気配を消したアルバは、広間に入り、壁伝いに出口側へと回り込んだ。オークたちは部屋の中央付近で座り込み、アルバに気づく気配はない。

アルバが出口近くに到達した時、広間に近づく女性陣の足音に気づいたのだろう、盾持ちのオークが立ち上がった。同時に他のオークものそりと動きだす。

すぐさまアルバは、盾持ちのオークの膝裏と、残るオークの右肩を狙い、続けざまに四本の投剣を放った。

「ヴムォ!?」

突如背後から攻撃されたオークたちは、痛みと驚きで声を上げた。投剣は狙いどおりの部位に深々と刺さっているが、致命傷には程遠い。

オークたちは慌てて振り返り、視線を彷徨《さまよ》わせるが、何も見つけられない。その時点で、すでにアルバは死角となる出口通路に身を潜ませていた。

――ジジッ
一瞬、虫の鳴くような音とともに、広間全体が明るくなった。広間の入り口に立ったラキアの手から、盾持ちのオークの背中へと稲妻が走る。

音を立てて、盾持ちのオークが倒れた。他のオークは混乱状態だ。

その隙に、入り口から入ってきた二本の光跡が、左右へと別れてオークに迫った。ケイティとユリシャが腰に吊るしたカンテラの光跡である。

右肩に投剣を受けて鋭さの欠けた棍棒の一撃を軽々と避けて、ユリシャはオークの懐に入った。

「シャ！」

裂帛《れっぱく》の気合とともに双剣の交差する斬撃が脊髄の隙間を捉え、刃が何の抵抗もなくオークの首を素通りする。

次の瞬間には、ひらりと身を捻ったユリシャの脇を、オークの首が落ちていった。

「てりゃ！」

槍持ちのオークへ鋭い先制攻撃を仕掛けたケイティの戦斧は、防御のために掲げられた槍をへし折り、オークの左肩を深々と切り裂いた。

「ふんっ！　おりゃ！」

ケイティはオークの膝を蹴りながら戦斧を抜き、つんのめったオークの後頭部へ向けて再び戦斧を振り下ろす。

頭蓋骨を割られたオークの顔が地面に叩きつけられた。

最後に残ったオークは、ようやく混乱から立ち直るが、すでに左右を挟まれている。どちらかを向けば、もう片方に背中を晒すことになる状況で、槍を大きく振り回す他に手立てがない。

「はい、お終《しま》い」

ラキアが再度【雷電】を放ち、最後のオークはあっけなく絶命した。

「ご苦労さまです」

戦闘を終えて一息つく一同を、モナが笑顔でねぎらった。

この戦闘では、モナはまったくの出番なしである。

だが、神官の恩寵は切り札であり、温存してこそ意味がある。迷宮攻略の鍵は『どこまで恩寵を使わずに進めるか』にあるというのが冒険者の常識だ。

「オークを瞬殺か。予想以上だな。奇襲をかける必要すらなかったんじゃないか？」

中層階の魔物をものともしないケイティとユリシャの戦いぶりに、アルバが感心する。

「オークは背格好が人に近い。慣れたものだ」

「ゴブリンとか首の位置が低いから、逆に違和感？あるかも？」

相手の首を落とすのが基本らしいユリシャの発言に、モナとラキアは苦笑いである。

オークの死骸から魔石を回収し、一行は広間を後にした。


ケイティとユリシャが予想を上回る戦力であることが実証され、【鷹の目】による中層階攻略はより速く、より大胆になってゆく。

やがて一行は、アルバにとって苦い思い出の場所、追放を言い渡されたあの広間に到着した。前回、二日目に攻略を断念した場所に、一日目で到達したことになる。

この広間には【転移の魔法陣】が併設されている。多くの迷宮に似たような広間が散見され、それらは総じて【大広間】と呼ばれている。

一人先行して広間の内部を確認したアルバは、引き返して四人と合流した。

「残念ながら、【大広間の主】は前回と同じだ」

「げぇ、最悪……」

　ラキアが顔をしかめた。

【大広間】には大型の魔物が一匹だけいることが多く、それらは【大広間の主】と呼ばれる。【主】は、時として何種類かの魔物が交代で召喚されるため、ラキアは前回とは違う魔物が召喚されていることを期待していたのだろう。

「まあまあ。もう一度【トロールの骨】が採れるのですから、頑張りましょう」

「トロール？　珍しいな。話でしか知らん。どのような魔物だ？」

　興味津々のケイティに、ラキアが嫌そうな顔をしながら説明を始める。

「トロールは半妖精、魔術用語では半魔法生物と呼ばれるものよ。実体はあるけど、魔核以外は骨代わりの硬い芯と少し柔らかい樹脂みたいな肉だけでできてる。血管とか、内臓とか、筋肉といった器官がないの。まるで泥人形よ。ここにいるのは巨人型だけど、大きさも形も個体によって様々。共通点は団子っ鼻ってことくらいね」

「なにゆえ団子っ鼻!?」

　ユリシャが素っ頓狂な声を上げる。『食いつくところ、そこかよ！』と突っ込みたくなるが、確かにおかしな共通点だ。団子っ鼻が種族特性なのだろうか。

「問題は、肉を斬ってもダメージが与えられないこと。血も出ないし、痛覚もあるかどうか怪しい。しかも斬ったところはすぐに塞がるし、例えば腕を斬り飛ばしても、体の方の肉が移動して新たな腕になっちゃう。さらに、その肉もどきは【魔力耐性】が高いの」

魔力はそれ自体は無害であるが、様々な性質を付与することで攻撃に使える。例えば、炎の魔術は魔力に炎の性質を付与して投射する。

魔力は物体に衝突すると散乱するが、付与された性質は維持される。炎の魔術を盾で防げば、魔力は散乱しながらも盾の表面を焼く。ところが稀に、触れた瞬間に魔力を無害な性質に戻してしまう物質が存在する。そういったものを【魔力耐性】がある、という。

仮に【魔力耐性】のある物質で盾を作り、その盾で炎の魔術を防げば、盾に触れた瞬間に魔力は無害化されて盾の表面を焼くことはない。盾の損耗は、炎の魔術が触れる寸前に間接的に熱で炙《あぶ》られるだけで済んでしまう。

「つまり、物理攻撃も魔力攻撃も効きにくいと。ふむ、難敵だな」

ケイティが険しい顔をした。ラキアが説明を続ける。

「本体は胸にある魔核ね。そこから切り離した肉は二度と本体に戻らない。つまり、肉を削いでいけば体は段々小さくなるし、魔核を潰せば一撃で倒せる。さらに言えば、頭の中身も樹脂が詰まっているから、基本的には馬鹿で動きも鈍い」

「だとすると、刺突武器で魔核を狙うのが効果的か」

「そうなんだけど、巨人型だと武器が魔核まで届かないの。しかも肉が意外に硬くて、射撃は弩でも威力不足。【力を授けよ】の恩寵じゃ、弓の威力は上がらないしね」

「ならば、武器が届くまで、肉を削るしかない？」

「そう。前回はそれで行ったけど、ホント泥仕合だったわ。前衛三人がめちゃくちゃ時間かけて少しずつ肉を削って、最後は【力を授けよ】で強化した槍使いの一撃がようやく魔核に届いた、って感じ」

前回のことを思い出したのか、ラキアがげんなりした顔になっている。

「今回はあれを試してみますか？」

「ええ。そのつもりよ」

「あれとは」

怪訝な顔で尋ねたケイティに、モナは得意げに答える。

「ラキアの必殺技、【魔術弩砲《バリスタ》】ですわ！」

「必殺技じゃないって！　恥ずかしいから、やめて！」

「【魔術弩砲】？」

「……前回手間取ったから、何かいい方法はないものかとモナと相談してる時、思い出したのよ。昔、【魔術弩砲】ってのを本で読んだことがあるって。魔力に耐性があるなら、直接魔術で攻撃するんじゃなくて、魔力を物理力に変換して攻撃すればいいわけ。要するに、適当な物体を魔術で打ちだせばいいのよ。打ちだす物は、鋭くて頑丈で適当な長さがある物がいいわ」

「それで、これか」

アルバが荷物から古びた片手剣を取りだす。ここに来る途中で、ラキアがオークの武器を拾ってきたものだ。

「で、役割分担だけど――」

作戦会議を経て、【鷹の目】はトロール退治に乗りだすのであった。

7. 魔術弩砲

「【光あれ】！」

モナの宣言とともに天井近くに現れた光球が、広間全体を昼間のように照らしだした。

無言でも行使できる恩寵をあえて宣言するのは、味方への周知のためだ。急に【光あれ】を行使すると味方の目がくらむこともある。

動きが鈍いトロールの攻撃は、かわすのは難しくないが、一撃でも致命傷になりうるほど重い。念のため【光あれ】で視界を確保して、少しでも不安要素を排除する作戦だ。

広間の中央でトロールがのそりと起き上がった。

その身長は人の二倍近く、極端な胴長短足で、腕は地面に達しそうなほど長い。灰と緑と茶の中間のような色合いの肌は、独特な光沢を帯びている。

トロールが戦闘態勢を整える前に、ケイティとユリシャがトロールを挟む位置に走り込んだ。トロールの正面に立つ一人が回避に集中し、背後の一人が攻撃を受け持つ。トロールが振り返れば、都度、役割を交代する。

アルバ、ラキア、モナの三人はトロールから少し離れた位置に陣取った。

「まずは【浮力】で浮かせて……」

　ラキアの前に置かれた古びた片手剣が淡い光に包まれた。魔力の一部が光に変質して生じる魔力光だ。

　水中で重い木の棒を手放した時のように、剣は不安定に向きを変えながら宙に浮かぶ。

「前後に最小出力で【引力】を配置っと……」

　宙に浮いた剣の横に立ち、ラキアは両腕を広げた。手の先の空間に【引力】の魔術を発動する。

　剣が羅針盤の針のようにくるりと回り、揺れ幅を小さくしながら、やがて止まった。

「なにこれ、むずい」

　ラキアは【引力】の位置を調整しながら、力の均衡を保つ。位置がずれると、剣は勢いよく片側の【引力】に引き寄せられてしまう。

「そっか。【浮遊】に切り替えて……」

　ラキアが剣を包む【浮力】を【浮遊】に切り替えると、剣の位置が安定した。

　【浮力】の上位版である【浮遊】は物体を浮かせて任意に動かせる魔術である。裏技的な使い方として、物体を定位置に保持することも可能だ。

　これで【魔術弩砲】の準備が整ったことになる。

　【引力】は極めて強い力で周囲の物体を引き寄せる魔術だが、出力を上げるまでに時間がかかるという欠点がある。そこで、射出したい物体の前後に【引力】を配置して同時に出力を上げ、片方の【引力】を解除することで物体を射出しようというのが【魔術弩砲】の原理である。

「アルバ、照準よろしく。【引力】の出力を上げるのに一呼吸、その状態の維持は五呼吸が限界よ。狙えそうになかったら、すぐに言って。【引力】の出力を下げるから。魔力を多めに残さないと回復時間が長くなる」

「了解。発射態勢完了まで一呼吸か。先読みが必要だな」

「あと、出力を上げた後は踏ん張っていないと【引力】に引き寄せられるわよ。無理そうなら距離を取って。【引力】の効果は距離の二乗で弱まるから」

アルバは宙に浮いた剣の柄頭《つかがしら》側に回って膝を折り、目の高さを剣に合わせる。

「先端を指四本分右へ。……よし。指二本分下へ。よし」

アルバの視線の先、片手剣の延長線上では、ケイティとユリシャが大立ち回りを演じていた。

トロールとケイティがにらみ合っている隙に、ユリシャが背後から二刀の軌道を交差させて紡錘《ぼうすい》形《けい》にトロールの肉を削ぐ。ポトリと肉が地面に落ちるが、トロール全体からすると雀《すずめ》の涙だ。

「グガルガァ！」

肉を削がれたことで、トロールの注意がユリシャに向く。

「おりゃ！」

注意が逸れた瞬間を見逃さず、ケイティが渾身の一撃を繰りだした。戦斧がトロールの膝の半ばまで到達して止まる。

「ゴガァ！」

ケイティに対してトロールが腕を振りかぶった。

「おっと！」

それを見て、ケイティはトロールの太ももを蹴って戦斧を引き抜きつつ後退した。ケイティの眼前を間一髪でトロールの腕が通り過ぎる。

トロールはバランスを崩して、半ばまで切断された膝を床についた。しかし、胴長短足すぎて、直接攻撃できるほど魔核の位置は下がらない。

打撃の重いケイティの方が脅威と映ったのだろう、再び立ち上がったトロールは、注意をケイティに集中し始めた。ユリシャが背後から再び肉を削ぐが、トロールは意に介さずだ。

戦いの様子を見ていたアルバはラキアに確認する。

「今の、膝をついてから立ち上がるまでの時間で足りるか？」

「行ける、と思う！」

「よし、方向はこのまま、指一本だけ下……ここだ！　ケイティ！　もう一度、膝だ‼」

「おうよ！　ユリシャ！」

トロールの正面で手が出せないケイティがユリシャに振る。

「ほいさ！　と言いたいけど、パゥワ？が足りない！」

「【力を授けよ】！」

モナが恩寵を発動し、ユリシャの頭上に淡い光輪が出現する。

「なんか来たー？　どっせい！」

ユリシャが二刀の剣先を重ね、トロールの膝裏に食い込ませた。さらに体を捻って肩で刀の峰を押す。ユリシャの体ごと押しだされた刃が、トロールの膝裏を通り抜け、大きな切り欠きを作った。

トロールの上半身がぐらりと傾いだ。ダメ押しとばかりに、ケイティが戦斧をトロールのもう一方の膝へと振るう。

「指一本、左！　発射準備！」

ラキアが二つの【引力】の出力を爆発的に増加させた。空気中の塵が【引力】に引き寄せられて渦を巻く。

同時にラキアの体が淡く光る。自らに【浮遊】を使って【引力】に逆らっているのだ。

アルバは投剣を一本抜いて床の石畳の隙間に打ち込み、それを摑んで踏ん張る。

アルバの視線の先で、両膝を傷つけられ、自重を支えきれなくなったトロールが膝から崩れ落ちた。その瞬間、トロールの胸の中央が、剣の延長線上と重なる。

「発射！」

アルバの号令と同時に、ラキアは剣にかけていた【浮遊】を解除し、同時に柄頭側の【引力】を一気に強めた。剣が勢いよく後ろへと下がり、柄頭が塵の渦の中心を通る。

柄頭が接触したことで魔力が散乱し、【引力】が強制解除された。塵の渦が一気に解ける。

次の瞬間、切っ先側の【引力】だけに引き寄せられる形となった剣が勢いよく加速した。剣の切っ先が塵の渦を貫き、塵が爆散する。

二つ目の【引力】も強制解除され、ラキアとアルバは尻もちをつく。

――ヒュン！

――パン！

――ガキン！

風切り音が広間に響き渡り、ほぼ同時にトロールの脇の下が内部から破裂した。目にも留まらぬ速さで飛翔《ひしょう》した剣は、トロールを貫通して、その先の壁に当たり、跳ねた。

「やったか！」

しかし、狙いがわずかに逸れていた。大きく開いた傷口の底に魔核が露出している。

「まかせろ！」

ケイティが塞がり始めたトロールの傷口へと戦斧を投げつけた。投擲に適した形状とは言い難い戦斧だが、露出した魔核を傷つけるのには十分だ。

戦斧が魔核に食い込んだ。その瞬間、傷口を塞ぐべく動きだしていた肉が動きを止める。

トロールの巨体がゆっくりと傾いで、どう、と倒れた。衝撃で、トロールの肉だったものが形を失って流れ落ちる。

濡《ぬ》れた床の上に、トロールの骨と魔核だけが残った。

アルバ、ラキア、モナの三人はほっと息を吐く。前回の泥仕合に比べれば、あっという間に勝負が付いたという感じだ。

「ああ！　またやってしまった！」

突如、響き渡ったのはケイティの悲鳴だった。その手に握られた魔核の裂け目から、見事に真っ二つに割れた魔石が露出している。これでは価値が半減だ。

「ま、『壊し屋ケイティ』だし？」

　ユリシャがによによと笑う。

「大丈夫ですよ、ケイティさん。そもそも、魔核を攻撃する手筈だったので、魔石が壊れるのは想定済みです」

「そうなのか？」

　情けなく眉を下げ、すがりつくような視線をモナに向けるケイティ。普段のイケメンっぷりはどこへやらである。

「はい。トロールはその性質上、魔石を無傷で手に入れるには、少しずつ肉を削るしかないんです。それはもう、長い時間をかけて」

「それに、どっちかと言うと【トロールの骨】の方が貴重だし。むしろ、肉を削いでくと、それに合わせて骨も小さくなってくから、魔核を潰した方が実入りがいいのよ」

　トロールの残した骨へと歩み寄って、その状態を確認しながら、ラキアが言った。

「骨はそんなに貴重なのか？」

　ケイティも骨へと視線を移し、不思議そうに問うた。

「そりゃそうよ。これ、【魔力耐性】物質の塊よ。肉の方は水になって耐性がほとんどなくなるけど、骨は固形のままで残るの。知らない？　【魔力耐性ワックス】」

「！　鎧や盾に塗り込むだけで【魔力耐性】が上昇するアレか！」

ケイティが瞠目《どうもく》する。

【魔力耐性ワックス】は前衛職には垂涎の品だ。ギルドが専売している幾多の謎アイテムの中でも有名な物のひとつだ。

「じゃあ、これ、宝の山？　みたいな？」

ユリシャが骨を拾い上げてしげしげと見ている。

「ま、これは回収せざるを得ないよな。それで前回は【転移の魔法陣】が重量過多を起こしたわけだが」

骨を見ながら、アルバは前回の騒動を思い出す。最終的に三馬鹿の取り分とした荷の大部分は、この【トロールの骨】である。

今回は、トロールの肉をほとんど削いでいないので、そのぶんだけ骨も大きい。相当な額になるだろう。

（こいつを戦利品の総額に含めていいなら、もう決闘の趨勢《すうせい》は決まったようなもんだがな。確か魔石の価値で勝負とか言ってたか）

今も騒動の渦中であったことを思い出し、アルバはふと、そんなことを考えていた。

8．冒険者は兵士たちを待ちわびる

トロールを倒した後、【鷹の目】は【大広間】でサバレン一行を待っていた。

この先、【トロールの骨】を背負って進むのは荷が重いため、【転移の魔法陣】で骨だけを迷宮入り口へと送ってしまう予定だ。しかし、ガットロウに『【転移の魔法陣】は使わないでおいてくれ』と頼まれているため、ここで足止めを食らっているのだ。

「少し早いですけど、今日はここで野営でしょうか」

【刻のお告げ】を賜りながら、モナが告げた。

【刻のお告げ】は、恩寵の使用限界が更新される深夜十二刻まで、あと何刻あるかを神に問うものだ。恩寵というよりは神託に近く、恩寵としての消費はない。時刻を知るすべがない迷宮内では重宝するが、神に何度も問いかけるのは不敬だとして、神官は乱用を嫌う。

「なんなら『骨を入り口まで送っといて』って伝言を残せば良いんじゃない？」

ラキアの提案に、アルバが反論する。

「向こうのパーティーが途中で引き返す可能性もあるぞ」

「あー、そしたら骨もここに置きっぱなしか。取りに戻る前に、スライムに溶かされちゃうわね。何かうまい手はないかしら？」

一同、無言である。

「とりあえず、食事だけ済ませましょうか？」

「賛成だ。腹が減っては良い案も浮かばん」

食事を提案したモナに、大食漢のケイティが目を輝かせて賛同した。

【鷹の目】は少し早めの夕食を摂《と》った。

しかし、食事を終えても、サバレン一行は姿を現さない。

野営用の毛布に腰を下ろし、食事後のお茶をすすりながら、皆、ぼんやりと広間の入り口を見ている。

ケイティだけは脱いだ革鎧を喜々として布で擦っている。【トロールの骨】を少量だけ削りだして自前の手入れ用ワックスと混ぜたものを擦り込んでいるのだ。この先の下層階には魔法を使う魔物もいるため、その対策である。

「もう、絶滅?全滅?してたりして？」

さして深刻でもない様子で、ユリシャが不穏なことを呟いた。

「ガットロウがいるんだし、全滅する前に引き返すだろう」

「そうよね。私たちが先行してるんだし、敵がいない道を選べば、ここまでたどり着けるはず。前にも後ろにも安全な道が確保されているのに、全滅はないわよね」

ユリシャの予想をアルバとラキアが否定した。が、モナが別の見解を示す。

「収集した魔石の価値での勝負、と言ってましたので、あえて脇道に入って、積極的に魔物狩りを行っている可能性も否定できませんよ？」

ラキアとアルバは顔をしかめる。考えたくないが、ありえない話ではない。

「上層階と中層階の魔物を全部狩りつくすのに、どんだけかかるかしら？」

「いやいや、脇道には基本的に少数の敵しかいない。全部狩りつくすにしても、本道の敵は俺たちで始末しているんだから、そこまで時間はかからないはずだ」

「それもそうね」

「うむ。仕方ない。なんなら吾が見てこよう」

ケイティが手入れをしていた革鎧を置いて腰を浮かせかけた、まさにその瞬間、アルバは遠くから近づいてくる足音に気づいた。

「どうやら来たようだぞ」

一同が注目する中、広間の入り口から見える通路の壁がカンテラの光で照らしだされ、それに続いてサバレン一行が広間に入ってきた。

腕を怪我しているらしい魔術兵を先頭に、鎧を脱がせた兵士を背中に載せたガットロウ、大荷物を担いで顎を出しているサバレン、そして同じく鎧を脱がせた兵士を背負った弓兵と続く。

前衛兵二人が行動不能、一人が軽傷という、惨憺《さんたん》たる有様《ありさま》である。

「よう。お待たせしたかな？」

ガットロウが軽口を叩くが、その声にはいつもの覇気がない。モナが一行に駆け寄る。

「大丈夫ですか？」

「あんまり大丈夫じゃないな。モナ、悪いが恩寵をもらえるか？　自力で街まで戻るにはキツい怪我だ」

アルバは一行の様子を見て、これまでにモナが使った恩寵と、兵士の治療で使うであろう恩寵を概算した。今日の恩寵は間違いなく使いきるだろう。ならば、ここでの野営が決定だ。恩寵なしで先に進むなどありえない。

傷ついた兵士をモナに預け、難儀そうに腰を下ろしたガットロウにアルバは歩み寄った。

「何があった？」

「きっかけは罠だ。サバレンが罠にかかって死にかけて、魔法薬を使いきった。のっけから切り札を切らされちまった」

当初からの危惧が的中したらしい。ガットロウも注意はしていただろうが、五人分の一挙一動を見守るのはなかなかに難しい。

「その後、ただでさえ慣れない迷宮で疲労が溜まってたところに、守るべき領主の息子を死なせかけたってことで、兵士たちが萎縮してな。結局、凡ミスをやらかして、中層階の途中で前衛が崩れた。それで俺が手を貸す羽目になったんで、決闘は判定負けだとサバレンを説得して諦めさせた」

どうやら、馬鹿げた決闘騒ぎはこれで決着したらしい。あっけない幕切れだが、アルバとしては有り難い。

「いろいろ考えたが、怪我人を背負って引き返すより、【大広間】を目指した方が早いと判断してな。お前らの痕跡をたどって、ここまで来たわけだ。合流できれば、モナに治療してもらえるしな。鎧も武器もあらかた捨ててきた」

ガットロウはがっくりと頭を垂れて、深くため息をついた。

「……ご苦労さま」

ねぎらいの言葉以外、アルバには思いつかない。

「ああ、まったくだ！」

しかし、再び顔を上げたガットロウは、いつものふてぶてしい面構えに戻っていた。切り換えの速さも、冒険者として生き抜くコツだ。

「ところで、アレな」

ガットロウが指差したのは【トロールの骨】だ。

「随分でかいな。ほとんど削らずに倒したのか？」

「ああ。ラキアの秘密兵器だ。【魔術弩砲】とか言ってたか」

「ほう。すごいな。他の魔術師にも教えてもらえば、ギルドの収入に……って無理か」

「無理だな。剣を浮かせて、自分も固定して、【引力】を二つ。よほど魔力制御がうまくないとできない芸当だ。でな、【トロールの骨】で思い出したんだが、問題がある」

「ん？」

「兵士たちは全員【転移の魔法陣】で帰るつもりなんだろ？」

「ああ、もちろん」

迷宮には【転移の魔法陣】が付き物だ。よほどのことがない限り、帰りは【転移の魔法陣】で迷宮入り口へ直行するのが冒険者の常識だ。

【転移の魔法陣】は迷宮の内部から外界へ出るための近道だと言われているが、真実は定かではない。常に迷宮の深いところから浅いところへの一方通行で、逆向きのものは発見されたことがない。迷宮が作られた目的が外敵を阻むことだとすれば、至極当然と言えるだろう。

「実は前回、【鷹の目】の六人と【トロールの骨】で、魔法陣が作動しなかった。重量過多だ。ちなみに、骨は今回の方がでかい」

ガットロウが人数を確認するように、モナの治療を受けている兵士たちを見る。

「俺を入れて六人だな」

「だな。どうする？　武器も鎧も少ないし、野営道具もここに捨てていくなら、ギリギリいけるかもしれないが」

「まあ、試すだけ試してみるさ。動かなかったら、俺が残る。お前らに付き合って、最深部の魔法陣で一緒に帰ればいい」

現在分かっている【転移の魔法陣】の使い方は、内側から魔力で起動する方法だけだ。つまり、使用には魔力持ちが最低一人は必要になる。ガットロウは魔力持ちではないので、一人では【転移の魔法陣】を使うことができない。

「それに、もう一度【眠り姫】を拝むのも一興だしな」

顎を撫《な》でながら、ガットロウはにやりと笑った。

「観光かよ。支部長の仕事はいいのか？」

「一日くらいはな。ミュスカが優秀で助かる」

「部下任せかよ。……治療が終わったら、すぐに戻るのか？」

「うーむ。お前らはここで野営だろ？　結界があるとはいえ、魔獣の森で一晩明かすより、ここで野営した方が安全だよなぁ」

魔獣避けの結界は魔獣が嫌う性質があるだけで、絶対ではない。一方、迷宮の魔物は縄張り意識が強いため、他の魔物の領域へ侵入してくることはない。再び【大広間の主】が補充されるまで、この広間は安全地帯である。

「って言うか、野営道具をここに捨ててくなら、ここで野営するしかねえじゃねえか」

結局、ガットロウはこの広間で一夜を明かすことに決めた。

野営の間のわずかな時間ではあったが、兵士たちは【鷹の目】の面々と随分と打ち解けた。

普通、貴族に仕える兵士は冒険者を快く思っていない連中が多い。しかし、彼らは迷宮攻略を経験したことで、冒険者への認識が随分と改まったようだった。

もっともアルバだけは蚊帳の外だったので、単に女性陣に下心があっただけかもしれない。

問題児のサバレンは、終始何かを思案している様子で、アルバに絡んでくることはなかった。あるいは決闘に負けたことで何かを言われるのが嫌で、アルバを避けていたのかもしれない。

翌朝、一行は早々に荷物をまとめた。

【トロールの骨】が転がされた【転移の魔法陣】の中に、兵士四人とサバレン、そしてガットロウが入る。

ガットロウは足元に食料と迷宮攻略用の備品をまとめた背負い袋を置く。重量過多で魔法陣が動かなかった場合、その背負い袋を持って魔法陣を出るためだ。

ラキアが、魔法陣の外から魔術兵に【転移の魔法陣】の起動方法を教える。

「——あと、転移の瞬間は目眩《めまい》を起こすことがあるから、全員注意してね。操作する人間は転移の前に必ず声がけすること」

「それじゃ、いっちょ動くか試してみるか」

ガットロウが魔術兵に視線を送った。魔術兵は【鷹の目】の面々に頭を下げる。

「いろいろお世話になりました。【トロールの骨】は、きちんと梱包《こんぽう》して、皆さんの荷物に加えておきますので」

他の兵士も魔術兵にならって頭を下げた。サバレンだけが無言でそっぽを向いている。

魔術兵が魔法陣の一部分へ魔力を注《そそ》ぎ込《こ》むと、魔法陣が淡い魔力光を放った。転移の準備が整った証《あかし》だ。

「いきます！」

魔術兵が声がけをする。

次の瞬間、サバレンがガットロウの足元の背負い袋をひったくり、魔法陣を飛びだした。

「おい！」

ガットロウが慌てて手を伸ばすが、その手がサバレンに届く前にかき消える。

兵士四人とガットロウの姿が消え、広間には【鷹の目】の面々とサバレンだけが残った。

「さて、お前たち！　我輩を【眠り姫】のところまで護衛してもらおうか！　これは、領主子息としての厳命である」

先程までの大人しい態度が嘘のように、サバレンが不遜に宣言した。

「まじか」「ばかなの？」「さすがにこれは……」「なにゆえ？」「おほー」

困惑している者、呆れ果てる者、怒り心頭な者、状況を理解できない者、珍獣を見ている気分の者、【鷹の目】の面々は、皆一様に二の句が継げなかった。

9．冒険者はお荷物を抱え込む

「こいつ一人を魔法陣で送り返すってのは……無理だな」

ふんぞり返っているサバレンを指差して、アルバが自問自答する。

「無理ね。私かあんたが連れてくしかないわ」

【転移の魔法陣】は内側から魔力で起動する必要がある。この場にいる魔力持ちはラキアとアルバだけだ。さすがに、二人のいずれかを欠いた状態で迷宮攻略を続けるのは無理がある。

「この広間に投棄？放置？すれば？」

なぜか嬉しそうにユリシャが提案した。確かに【大広間の主】が復活するまでは、ここは安全地帯である。

「彼がここで大人しく救助を待つとは思えませんが……」

「勝手に先に進もうとするんじゃないか？」

モナとアルバが懐疑的な意見を言った。【眠り姫】に執着している様子のサバレンが、大人しくこの広間に留まるとは思えない。

「じゃ、こうしちゃえ！」

「うわ、無礼者！　何をする！」

止める間もなく、ユリシャがサバレンを拘束してゆく。両手首と両足首を縄で括り、猿ぐつわまで噛《か》ませる。

「フガー！　フガ、フガフー!!」

「これで、万事解決？」

サバレンの言葉にならない抗議を無視して、満足げにドヤ顔をしたユリシャにケイティがダメ出しをする。

「待て、ユリシャ。この状態では万が一【大広間の主】が復活した時、サバレン殿が戦えない！」

戦ってもまず勝てないし、それ以前に領主子息に対してこの処遇はいかがなものか、とアルバは思ったが、誰も突っ込まないので放っておく。

「【主】が復活する前に、ガットロウがこいつを回収しに来るでしょ」

投げ遣りなラキアの発言を、アルバは即座に否定する。

「いや、それはないな。兵士たちは鎧も武器も捨てちまってる。今、迷宮の入り口にいる面子の中で魔物相手に戦えるのは、ガットロウと装備のいらない魔術兵だけだ」

「……言われてみば、確かにそうね」

すでに上層階の魔物は復活している頃合いだ。上層階で手間取れば、中層階の魔物も復活する。

つまり、実質二人だけで本道の敵をすべて排除し、この広間に到達しなければならない。さすがにそれは無理がある。

「ガットロウさんが街まで戻って応援を呼ぶにしても、取って返すだけで二日はかかりますね」

迷宮攻略の時間を含めれば最低三日はかかる。【大広間の主】の復活までは到底間に合わない。

「俺たちが迷宮攻略を終えた後で、ここに引き返してきたとしても、【主】の復活までに間に合うかどうか分からないな」

つまるところ、サバレンをこの広間に残していっても、【大広間の主】が復活する前に誰かが救助に来る当てがない。【主】が復活した時点で、サバレンは間違いなくあの世行きだ。

「ってことは、結局、こいつを連れてここで戻るか、こいつを連れて迷宮攻略を続けるか、その二択ね」

ラキアがうんざりとした顔で結論を述べた。

おそらく、迷宮の入り口でガットロウも同様の結論に達し、胃を押さえて呻《うめ》いているだろう。彼の採れる手立ては、【鷹の目】がサバレンを連れて無事に戻るよう祈ることだけである。

「……多数決でも取るか？」

「そうね。取ってみる？」

アルバがため息交じりで提案し、ラキアが同調した。

「では、迷宮攻略を諦めて戻る、に賛成の方、挙手を」

モナの問いかけに、アルバとケイティの手が挙がる。

「さすがに腐っても領主の息子だ。危険な目に遭わせるわけにもいくまい」とアルバ。

「部外者を同伴しての戦闘は避けるべきだ」とケイティ。

「では、サバレン様を連れて迷宮攻略を続行する、に賛成の方」

ラキアとユリシャの手が挙がる。

「貴族だろうが領主の子息だろうが、危ない橋を自分から渡ったのよ。危険な目に遭っても自業自得だわ。こっちが遠慮する必要なんかないでしょ？　本人が最深部に行きたがってんのよ。むしろ、連れて行くことに感謝してほしいくらいだわ」

ラキアは吐き捨てるように言った。少し呆れてモナが呟く。

「ラキアは本当に、貴族が嫌いですねぇ？」

「ふん。そんなのモナが一番分かってるでしょ！」

「はいはい。それで、ユリシャさんも続行に賛成なんですね？」

「はーい。その方が面白そう？」

「お前なぁ……」

今度はケイティが呆れている。

「二対二なら、リーダーのモナに一任だな」

アルバの言葉を受け、皆の視線がモナに集まる。

「第一案は【転移の魔法陣】が使えるようになるまで丸一日ここで待つ方法。ただし、最悪もう一度【大広間の主】との戦闘になります。第二案は歩いて入り口まで戻る方法。この場合、上層階の魔物は復活しているので、突破するのに半日はかかるでしょう。先に進む場合、最深部まではおそらく一日弱。これを第三案とします」

　理解度を確認するように、モナが四人の顔を見る。四人ともうなずいて、モナに先を促す。

「第一案は一番時間がかかる上、危険度は未知数。【主】が出現するのか、出現したとして前回と同じトロールなのかも分かりません。第二案が一番速く、危険度も比較的低い。しかし、ゴブリンとの戦闘という労働に対して、対価がまったく発生しません。第三案は危険度が一番高いですが、迷宮攻略を達成でき、多くの対価が発生します。こうしてみると、どれも一長一短ですね」

　なるほど、と皆が納得する。

「しかし、第三案以外の二つ、つまり迷宮攻略を諦めて戻る選択には、重大な問題があります」

　モナを除く四人は怪訝な表情になる。モナの言う問題が何なのか、思い当たる節がない。

　全員がモナの次の言葉を待つ。

「おそらく、ここで迷宮攻略を中断して戻ると、クルスターク家が破滅します」

「「「はい？」」」

　あまりにも突拍子もない内容に、モナを除く一同が困惑する。

「パーティーには迷宮攻略の進捗をギルドに報告する義務があります。同じパーティーが二度も同じ場所で引き返した場合、ギルド本部の査定が入ります。パーティーの力不足ならパーティー等級の見直し、そうでないなら迷宮の難度認定に間違いがないか、ギルドとして調べる必要があるからです」

「あーそう言えば、そんな規約があったわね」

記憶を呼び戻そうとしているのか、ラキアがこめかみに指を当てて呟いた。

「そうなると、私たちは正直に事実を述べるしかありません。少なくとも、リーダーの私は嘘がつけません」

「神官だものね」

「その結果、今回のサバレン様の所業がギルド本部に知れることになります。同時に、中央神殿にも話がゆくでしょう。なにしろ『貴族子息の行動によって、迷宮攻略が中断させられた』という案件になりますから」

合点《がてん》がいったのか、ラキアがポンと手のひらを打ち据える。

「あー、それは駄目だわ。うん、やばい。貴族による冒険者ギルドへの妨害行為。神殿が一番怒るやつだわ」

「？　そうなのか」

世事に疎いケイティがラキアに尋ねた。ラキアが解説する。

「神殿、というか、神様は迷宮攻略を推奨してるの。魔物をバンバン倒して、魔術をバンバン使って、魔素をバンバン消費して、この世界から魔素を減らしましょう、というのが神様の方針なのよ。ほら、魔素は魔界由来で、神気とは相容《あいい》れないものだから。そのために、神殿は冒険者ギルドと協力体制を敷いているわけ。それを貴族が妨害した。貴族は国を背負ってる。最悪、国が神様に逆らったと解釈されて、聖戦勃発で国が滅ぶ」

「ひええ〜」

悲鳴を上げている割に、ユリシャの顔は嬉しそうである。

戦争には加担しない神官たちも、聖戦となれば話は別だ。普段は使えない天罰系の恩寵まで解禁された日には、一夜にして国が亡くなる。

「まあ、聖戦はさすがに起きませんけど。国はすべての責任をクルスターク卿に負わせることでしょう」

ラキアの見解をモナが訂正した。

「そうね。お取り潰しになるか、家が残ったとしても、神殿にそっぽ向かれちゃ貴族社会じゃやっていけないわね。確かに破滅だわ。実行犯のサバレンは廃嫡の上、よくて幽閉か貴族籍抹消。最悪、急病による死亡ってことで処理されるわ」

「……つまり、ここで引き返しても、結局彼は無事ではすまないと？」

「そうなりますね」

モナの返答にケイティはしばし思案し、意見をひるがえす。

「では、吾も攻略続行に変える」

「仕方ないな……」とアルバもケイティの翻意に同調する。

「では、全員一致ということで。よかったですね、サバレン様」

モナの視線の先では、拘束されて猿ぐつわを噛まされたサバレンが、床の上で右へ左へと藻掻《もが》いている。自分の『やらかし』の重大性を認識している態度とは到底思えない。

「今の話聞いてました？　大人しくして頂かないと、『急な病でお亡くなり』ですよ？　【眠り姫】のところまで連れて行ってあげますから、道中も良い子にしていてください、ね？」

　モナの声色に、その場にいる全員は室温が下がったのかと錯覚する。

　モナの言わんとしていることを理解した、というより、単にその威圧感におののいた様子で、壊れたように首を縦に振るサバレン。

「じっとしていろ」

　アルバはダガーを抜くとサバレンの両手両足の縄を切った。自分で猿ぐつわを外し、サバレンが立ち上がる。

「貴様ら、我輩にこんなことをして、ただで済むと――」

「もう殺っちゃう方が、一番手っ取り早くね？　証拠隠滅？　即時解決？」

　サバレンの目の前で、二刀を抜きざま、手元でくるりと回転させて、ユリシャがニヤリと笑う。普段からやたらと鋭い眼光が、ひときわ剣呑にきらめく。

　サバレンが固まり、ぎぎぎっときしむ音が聞こえてきそうなほどぎこちなく、ユリシャから顔を背けた。

「……ええと……うむ、我輩を【眠り姫】の元へ連れて行ってくれるなら、すべて不問といたそう。うむ。先を急ごうではないか」

　サバレンに見えないところで、ユリシャが声を出さずに腹を抱えて笑っている。楽しそうでなによりだ。

サバレンという大荷物を抱え込んだまま、【鷹の目】は迷宮攻略を続行することになった。

10．斥候は天敵と遭遇する

【鷹の目】の迷宮攻略は、遂に下層階へと至った。

先行して斥候を行っていたアルバは、直線通路の先で物陰から出てきた小さな影を発見した。

コボルト——犬面の子鬼である。

迷宮は下層に降りるほど魔素が濃くなり、配置される魔物は魔界でも魔素が濃い領域に生息する強力な種族へと変化する。しかし、例外はいる。強力な魔物がひしめく過酷な環境下で、しぶとく生存競争を生き抜く最弱の魔物。それがコボルトである。

コボルトは、ゴブリンよりもさらに小柄で、二本の足で立ち、稚拙な道具を使って戦う。すばしこく、身を隠すのがうまく、集団で獲物を追い詰める小さな狩人である。また、最弱故に敵を察知する能力に長《た》け、魔物には珍しく嗅覚もある程度利く。斥候の天敵とも言える魔物である。

（見通しがいい場所で【迷彩】を使わなかったのは失敗だったな。中層階までは前回の情報で楽ができたんで、気が緩んだか）

コボルトの存在を失念していた迂闊さをアルバは悔やんだ。

（すでにコボルトの察知圏内だ。こちらに気づいてると見て間違いない。だが、身じろぎひとつしないところを見るに、こちらが気づいているとは思っていないようだな）

身を潜めるのが得意なコボルト・シーカーは、敵を発見しても騒がない。敵に気づかれぬように仲間の元へ戻り、仲間を引き連れて、あるいは仲間と待ち伏せて、敵を狩る。仮に敵に見つかった場合、仲間を巻き込むことはなく、自力で逃げおおせようとする。

目の前のコボルトがアルバに見つかったと思っているのなら、すぐに逃げだすはずだ。今は迂闊に動くと逆に見つかると踏んで、じっとしているのだろう。アルバが顔を逸らした瞬間に、仲間の元へと駆けだすに違いない。

（一芝居打つか）

アルバは、コボルトに気づいていない振りをしながら、歩く方向を微妙に変えて、少し闇が深くなっている場所に入った。同時に【迷彩】と【消音】を発動する。

コボルトの体が一瞬ビクリと震えた。まさか敵を見失うとは思っていなかったのだろう。首だけを小刻みに動かして周囲を見渡している様子から、完全に混乱しているのだと分かる。

アルバは駆けだして素早く距離を詰めた。

緊張に耐えきれなくなったのか、あるいは、嗅覚でアルバの接近を捉えたのか、コボルトが振り向いて逃げだそうとする。

（遅い！）

その直後、アルバの放った投剣がコボルトの背中に突き刺さった。それは必殺の間合いでも、急所への一撃でもなかったが、小柄なコボルトには十分に致命傷であった。

コボルト・シーカーを倒したアルバは、先程よりも慎重に歩を進めた。

やがて、前方に薄明かりが見えてくる。広間の入り口だ。

【迷彩】と【消音】を発動し、敵に見つからぬよう慎重に広間の内部を見渡したアルバは、顔をしかめた。

（よりによって、この組み合わせかよ）

広間の奥に一匹だけ、コボルトよりも大柄の影が見えた。ゴブリンだ。ただし、通常のゴブリンよりも体が細く、頭が大きい。なにより、一匹だけコボルトに混じっていることが、その正体を雄弁に物語っている。

そこにいたのは、ゴブリン・メイジであった。

魔素が濃い下層階では魔力の回復速度が上昇するため、魔術師にとっては戦いやすい環境と言える。しかし、それは魔物側にも当てはまる。下層階での戦闘は、時に魔術師と魔法を使う魔物との熾烈《しれつ》な魔力合戦になる。

そう、魔物が使うのは、魔術ではなく魔法である。

魔術は、太古の魔法使いたちが編みだした技術であり、魔法陣と呼ばれる回路に魔力を通すことで様々な現象を引き起こす。魔力を通す物質で実際に魔法陣を描いても良いし、魔術師のように記憶を頼りに脳内で魔法陣を描いても良い。

対して魔法とは、生まれつき魔力を利用できる能力であり、頭の中で考えるだけで様々な現象を引き起こす。それ故に、魔法の効果は具体性のある想像力、突き詰めれば知能に左右されやすい。

太古の魔法使い——魔法という異能に目覚めた人間たちは神のごとき力を振るったと言われている。それほどに、知能に優れた人間と魔法という組み合わせは相性が良い。それに比べ、知能に乏しい魔物が操る魔法は、粗削りで洗練されておらず、力任せだ。

さて、魔物の中で比較的ましな知能を持つゴブリンが、たまたま魔素の濃い領域で生まれ、たまたま魔法を身につけたらどうなるか。それこそがゴブリン・メイジである。魔物でありながら魔術に近い魔法を操る、相当に厄介な存在だ。

魔素の濃い領域に生息しているために同種族と出会う機会が少ないゴブリン・メイジは、時として他種族との共生関係を構築する。今、アルバの前にいるのは、まさにそのゴブリン・メイジに率いられたコボルトの群れであった。迷宮下層において、これほど面倒くさい組み合わせはそうそうないだろう。

斥候を終えたアルバは、コボルト・シーカーの死骸を抱えてメンバーの元に戻った。死骸は、迷宮初心者のケイティとユリシャに見せるためだ。

メンバーを前に敵情を説明する。

「広間は直径四十歩程度の円形。天井の中央に灯りがあるが外周は暗い。入り口から広間の中央までは道がついている。道以外の場所は人間大の岩が乱立していて、その陰でコボルトが休んでいる。総数は分からないが三十は下らないだろう。出口に向かって全体が上り坂になっていて、出口のところが高台になっている。そこにゴブリン・メイジがいて、コボルトが数匹でメイジを守っているようだ」

「ふむ。敵の狙いは、広間の中央まで誘い込み、伏兵で包囲。逃げ場を失ったところをメイジが攻撃、だな」

集団戦には一家言あるらしいケイティが分析する。

「こちらの取るべき手は、左右いずれかの壁沿いに坂を登り、メイジに迫る。それなら包囲されない。岩に隠れて遠距離攻撃もある程度は防げる。メイジが高台を捨てるかは敵次第。捨てなければ接近戦に持ち込む。逃げるなら、こちらが高台から遠距離攻撃だ」

ケイティの戦略に異論を挟む者はいない。

「敵の攻撃は、メイジの魔法攻撃、コボルトの短槍による接近戦。あと、コボルトは短槍を投げてくることもありますね」

「短槍にしろ、魔法にしろ、単発なら叩《たた》き落《お》とせる。短槍の一斉投擲は岩に身を隠してやり過ごせるが、広範囲魔法は防ぎきれない」

ケイティは視線でユリシャに同意を求め、ユリシャがうなずく。

「広範囲魔法はこちらで防ぐわ」

「隠れる場所がないところで短槍が一斉に来たら、守りの恩寵で対処します」

範囲攻撃への対処はラキアとモナの二人がいれば大丈夫だろう。

「コボルトは岩を死角にして攻撃してくる。障害物のある場所での接近戦になるが、戦斧では辛《つら》いんじゃないか？」

アルバがケイティに尋ねた。戦斧は先端が重い分、威力は高いが小回りは利かない。

ユリシャの方は、二刀を逆手に持てば密着した敵にも対処できることが、これまでの戦いぶりから分かっている。

「死骸を見せてもらった。これで十分」

ケイティは不敵な笑みを浮かべて拳を掲げた。

「あの大きさなら、五臓六腑《ごぞうろっぷ》？を撒《ま》き散《ち》らし、文字どおり粉骨砕身？木《こ》っ端《ぱ》微塵《みじん》？だね」

ケイティの拳を指差しながらユリシャが補足した。

アルバ、ラキア、モナの三人は、半ば呆《あき》れ顔《がお》、半ばさもありなんと納得顔である。

「俺は、皆と反対側の壁沿いに進もうと思う」

アルバの発言にラキアが驚く。

「なぜ？　そんな必要ないでしょ？　危険じゃない？」

「狙うは大将首か？」

ケイティがニヤリと笑う。

「首は無理だな。せいぜい目か喉だ」

「気に入った！　やってみせろ！」

アルバとケイティの二人が、悪巧みをする二人組のような雰囲気を醸しだしている。

ラキアは半目で二人を見ている。

「……うーん、なんだろう、このノリ。うちのパーティー、急速に武闘派に傾倒してない？」

「アルバさん、戦闘で役に立ってないってデュンケルさんに言われたこと、実は根に持っていませんか？」

　モナがいつもの歯に衣着せぬ物言いで尋ねてきた。

「そういうわけじゃないんだが。何ていうか、今までは自分から可能性を捨ててた気がしてな。一人で迷宮を戻ったのは、いい経験になったと思う」

「ま、本人が納得してんなら、別に構わないわ」

　ラキアがそうそうに割りきる。

「で、こいつはどうするの？」

　ラキアの視線の先には、所在なげなサバレンの姿があった。ここまでの道中では、憑《つ》き物《もの》が落ちたように大人しかった。モナの説教が効いたのだろうか。

「ふむ。入り口側に置いていくと、吾々が出口側に行った場合、何か起きても助けに行けない。しかし、連れて行くのも不安だ。前衛二人では、二人を守るので手一杯だ。……いや待てよ。アルバ殿が逆側を行くのだな。それなら、メイジを潰した時点で包囲殲滅戦に移行すべきだ」

　アルバが床に描いた略図に、ケイティが矢印で動きを書き足す。後衛は出口の高台に移動、前衛の二人は広間の中心方向へ前進し、アルバは入り口側へ戻る。

「なるほど。こちらに敵が殺到しても、入り口通路に入ってしまえば、俺一人でなんとか対処できるな」

「コボルトは、はしっこい？って話だから、前衛が前に出ると端から抜かれるんじゃね？」

「いざとなれば、守りの恩寵もありますから、そこまで用心することもないですよ」

ユリシャの懸念をモナが払拭した。今日はまだ大きな恩寵を使っておらず、相当に余裕がある。

「殲滅戦移行後に【光あれ】を使えば、敵の動きは摑める。むしろ、高台からの遠距離攻撃でこちらのやりたい放題だ」

ケイティが全員の顔を見渡し、皆がうなずく。作戦は決まった。

「サバレン殿は荷物と一緒に入り口の手前で残ってもらう。良いな？」

ケイティがサバレンに同意を求めた。サバレンがうなずく。

「承知した。ところで……もし死にかけの敵がいたら、止めは我輩に刺させてもらえまいか？」

アルバ、ラキア、モナの三人は一様に鳩《はと》が豆鉄砲を食ったような顔になる。一方でケイティは納得顔だ。

「ふむ。良い心がけだ。武人を志すなら敵を殺すことにも慣れねばならん。あいにく吾は手加減が苦手だ。ユリシャ、頼めるか」

「あいよ。余裕があったら、手首足首ちょん切っとく？」

ユリシャが両手を鋏《はさみ》の形にして、開いたり閉じたりする。

「ちょっ、ユリシャ、それ怖い。魔物相手でもさすがに引くわ」

「そう？　でも、お坊ちゃまに怪我させたら賠償問題？では？」

「なに、サバレン殿の得物はレイピアだ。コボルトとの相性は良い。そこまで心配する必要はあるまい。なあ？」

ケイティに同意を求められ、サバレンの顔が引きつる。

「ま、任せておけ！　犬っころくらい、どうということはない」

「犬じゃないけどな」

アルバはサバレンの勘違いを訂正した。サバレンが驚愕で目を見開く。

「犬じゃないのか⁉」

「顔が犬に似てるってだけで、一応、竜種だ。そこに死骸がある。よく見てみろ。体は羽毛で覆われてるが、手足の先は鱗《うろこ》だ。頭の三角の突起も、耳じゃなくて角だ」

「そんな……犬じゃない、だと？　蜥蜴《とかげ》？　羽毛の生えた竜？」

サバレンがなぜそんなに驚くのか、アルバにはさっぱり分からなかった。

11．魔術師は魔法使いと対決する

【鷹の目】の女性陣はコボルトが巣食う広間へと走り込んだ。

聴覚に優れるコボルトたちは早々に侵入者に気づいていたらしく、すでに短槍を構えていたが、具体的な行動には移れていなかった。

その間隙を縫い、女性陣は入り口を通り抜けて左の壁際に陣取ることに成功した。

「よし。次！」

ラキアは【氷雲】の魔術を出口近くの高台めがけて放った。空気中の水分を凍らせて白くきらめく冷気が、高台の岩に当たり、その一帯に拡散する。

甲高い悲鳴と、何かが倒れる音が聞こえた。

「手応えあったわ。後はアルバ次第ね」

冷気の魔術は、体格が小さい分だけ体温を奪われやすいコボルトには特に有効である。冷気の範囲内にいるだけで凍えて体が動かなくなり、直撃を受ければ低体温症で昏睡《こんすい》してしまう。最悪の場合、手足の指も凍傷で使い物にならなくなる。

ラキアの先制攻撃は、ゴブリン・メイジを護衛するコボルトを排除して、この後のアルバの行動を助けるのが目的だ。さらに、ゴブリン・メイジを精神的に追い詰めることで、精神状態に左右されやすい魔法の精度を下げる効果もある。魔力消費の大きい範囲攻撃を繰りだすだけの価値はあろうというものだ。

壁際に陣取る女性陣の周りにコボルトが集まり、短槍を突きだしてくる。

小柄なコボルトが繰りだす短槍の間合いは、ユリシャの刀よりも短く、ケイティの蹴りと大差ない。それでも、岩陰から躍り出ては槍を突きだし、すぐに岩陰に隠れてを繰り返すコボルトの動きは厄介極まりない。

ちなみに、ケイティは戦斧を荷物とともに置いてきており、今回は徒手空拳である。

「ケイティ、ユリシャ、援護射撃はもう少し待って！　魔力を回復したいの」

ゴブリン・メイジからの魔法攻撃に備えるため、ラキアは【氷雲】で消費した魔力の完全回復に努める。

「問題、ない！」

ラキアに返事をしながら、ケイティが一匹のコボルトを天高く蹴り上げた。天井に赤い染みを作って、形を失った塊が落ちてくる。どう見ても威力過剰である。

「らっくしょー」

ユリシャも余裕の表情である。数の多い敵に翻弄されることなく、冷静に対処し、突出しすぎたコボルトを確実に仕留めている。

女性陣は徐々に戦場を左回りに移動して、ゴブリン・メイジとの距離を詰めてゆく。

劣勢と判断したのか、ゴブリン・メイジがユリシャとケイティめがけて炎の魔法を二連射した。

【火球】の魔術に似た小さめの速い弾に、ラキアも反応できない。

「ほいっ」

ユリシャは【火球】もどきをいとも容易く刀で両断した。物質と衝突することで魔力が散乱し、刀を振り抜いた方向へと炎が舞い散る。ユリシャ自身は、せいぜい熱風を感じた程度だろう。

「しゅっ！」

ケイティが裏拳で炎の魔法を払いのけると、籠手に触れた瞬間に魔力の炎がかき消えた。籠手に擦り込んだ【トロールの骨】による効果だ。

威力の低い魔法では効果がないと見たのか、ゴブリン・メイジが手元に大きな炎の弾を発生させた。多くの熱量を保持し、直撃でなくてもダメージを与えうる【爆炎球】の魔術に近い。

それを見て、ラキアも手元に魔力光を発する小さな魔力弾を準備する。破壊系魔術の【相殺弾】

である。

「そこ！」

ゴブリン・メイジが【爆炎球】もどきを投射するのに合わせ、ラキアも【相殺弾】を放った。

二つの魔力弾は、空中で互いに吸い寄せ合うように軌道を変え、衝突した。炎と魔力光が渦を巻いて混じり合い、あっという間に跡形もなく消え去る。

魔力は互いに引き寄せ合う性質を持つ。また、異なる性質を付与された魔力同士が混じり合うと元の無害な魔力に戻ってしまう現象――【魔力の相殺】が発生する。それらを利用し、あらゆる破壊系魔術を無力化するのが【相殺弾】である。

「は？　馬鹿なの？」

ラキアが呆れた声を上げたのは、ゴブリン・メイジが再び手元に【爆炎球】もどきを発生させたからだ。

【爆炎球】は消費魔力の多い魔術だ。それは魔術もどきの魔法であっても変わらない。ここで再び【爆炎球】を放てば、魔力残量が致命的なほど減ってしまい、それ以降の魔力回復に支障をきたすだろう。たとえ、それが魔素の濃い迷宮の下層であってもだ。

「もしかして、【相殺弾】を見るのは初めてだった？」

【相殺弾】は魔術師同士の戦いが一般化した近代に創作された魔術だ。魔界から召喚された魔物にとっては初見でも不思議はない。

ゴブリン・メイジが再び【爆炎球】もどきを放ち、ラキアは先程よりも小さい【相殺弾】を放った。両者は再び中空で衝突し、消滅する。

「ケイティ、ユリシャ！　魔法は当分来ないわ！」

「心得た！」「ガッテン承知！」

魔法を気にする必要がなくなり、前衛の動きが俄然《がぜん》大胆になる。

「さて……肝を冷やしなさい」

ラキアは舌なめずりした。

【魔力の相殺】は厳密には『相殺』とは言い難く、両者の魔力量にある程度の差があっても成立する。ラキアは一発目の【爆炎球】を参考に、【魔力の相殺】が起こるぎりぎりの魔力で二発目の【相殺弾】を放った。つまり、この時点でラキアの魔力残量はまだ十分に残っている。

ラキアは岩の陰から出て、【氷塊】の魔術をコボルトの群れに連射した。【氷塊】とは名ばかりの、空気中の水分が凍った薄氷で覆われた冷気の魔力弾である。

「それ！　それ！　それぃ!!　はぁー魔素が濃いわぁ。下層最高!!」

「ラキアさん、興奮しすぎです！」

魔力弾を受けて慌てふためくコボルトたちを、ユリシャとケイティが次々と倒してゆく。

進軍速度が一気に増し、女性陣は広間の中間地点にまで押し進んだ。

この時、アルバはすでに右側の壁伝いに広間の中間地点にまで進んでいた。敵の注意は女性陣に集中しており、ここまで一切敵に見つかっていない。

女性陣が迫ったことで危機感を抱いたのだろう、ゴブリン・メイジが高台を捨てて壁伝いにアルバの方へと移動を開始した。

ゴブリン・メイジはラキアの魔術から身を守るために岩を盾にして移動しているが、アルバの位置からだと姿が丸見えである。近くに護衛するコボルトもいない。

距離にして十歩程度。

アルバは投剣を抜くと、鍛錬を思い出しつつ、思いきり踏み込んだ。

――ドンッ！

目にも留まらぬ速さで投剣が空を切り、ゴブリン・メイジの顎の下に突き刺さった。頭部がだらりとありえない向きに垂れ下がる。頸椎《けいつい》が寸断されたのだろう。

そのまま、ゴブリン・メイジは倒れて動かなくなった。

「メイジを殺ったぞ！」

「【光あれ】！」

アルバが声を上げるのと同時に、モナが恩寵を賜った。

高台まで駆け上がったラキアが、手当たり次第に【氷塊】の魔術を投射し始める。逃げ惑うコボルトの群れへと身を躍らせるユリシャとケイティ。

もはや、趨勢は決した。

アルバは当初の予定どおり、入り口側に戻りながら、孤立したコボルトを見つけては、遠ければ投剣で、近ければダガーで攻撃を加える。ほとんどのコボルトがケイティとユリシャに注意を取られており、アルバの攻撃は面白いようにコボルトの背中を捉えてゆく。

　コボルトの殲滅はあっけなく終わった。

「冷気の魔術で、コボルトがいい具合に瀕死だ。サバレン殿にちょうどよい。吾が呼んでこよう」

　そこかしこに転がっているコボルトを検分していたケイティが、そう言い残して一人広間から出てゆく。

　同じくコボルトの死骸を確かめていたラキアとモナは呆れ顔だ。

「ケイティでしょ、これ。……ひどいわね。原形留めてない」

「ユリシャさんの分も、見事に首と胴体がさようなら、ですわね」

「ちっちゃいのが悪い。首より下は低すぎて、斬りにくい」

　ユリシャがぶーたれた。ケイティに手加減を頼まれていたのに、この体たらくである。

「コボルトの魔石は、ゴブリンのと変わらんな。採取する価値なしだ。メイジの魔石はさすがにでかいな」

　投剣を回収がてらゴブリン・メイジから魔石を採取したアルバが、ラキアに魔石を手渡す。

「確かにいい大きさね。密封容器に入れておきましょ」

　魔法を使う魔物は体格に比して大きな魔石を備えている。ゴブリン・メイジの魔石は、これまで得た中でも最大級だ。

「じゃあ、俺はこの先を見てくる。サバレンの用事が済んだら、ついてきてくれ」

アルバは早々に次の斥候に取りかかるべく、一人広間を後にした。

12．領主子息は迷宮を殺す

【鷹の目】の一行は、遂に迷宮の最深部へ到達した。

迷宮の最深部には【玄室】と呼ばれる部屋があり、その手前には通常【大広間】が存在する。この【眠り姫の迷宮】も例外ではない。

【玄室】は迷宮を造ったとされる太古の魔法使いの住処である。なぜ【玄室】――棺《ひつぎ》が置かれる室と呼ばれるのかと言えば、その場所で太古の魔法使いと思しき人骨が見つかることが多々あるからだ。

一度も攻略されたことがない、いわゆる【未踏の迷宮】を除けば、【玄室】は基本的に空である。太古の魔法使いはすでに死に絶え、貴重な遺物は過去の迷宮攻略者によって回収しつくされている。

故に、迷宮で最後の敵となるのは、【玄室】の手前の【大広間】に出現する【主】である。

そして今、【鷹の目】の眼前に立ちふさがった【大広間の主】は、ミノタウロス――牛頭の鬼であった。

ミノタウロスは、トロールほどではないが巨大な体軀《たいく》をしており、トロールと違い鈍重ではない。むしろ見た目とは違い、かなりの知性を備えており、戦い上手である。

その肌は、並の刃物では浅い傷をつけるのがやっとなほど硬く、さらに【魔力耐性】もそれなりに備えている。

『魔力と筋力は両立しない』という法則は魔物にも当てはまるのか、魔法を一切使わないのがせめてもの救いである。これで魔法まで使えたら、もはや悪夢でしかない。

　武器は恐ろしく巨大な棍棒か、人間が両手で使う大きさの戦斧を片手で軽々と使う。しかも、左右の手に一本ずつ戦斧を持ち、両手利きのように左右で遜色なく使ってくる個体も多い。

　今【鷹の目】の前にいるのは、まさにその両手戦斧持ちであった。

　そのような化け物を前にして、だが、【鷹の目】の面々には余裕があった。なにしろ、ここまで恩寵をほぼ温存できていたからだ。それは、この迷宮の難度に対して【鷹の目】の力量が大幅に勝っている証でもある。

　仮に【大広間の主】を前にして恩寵を使い果たしていた場合、迷宮のどこかで一晩明かして恩寵を回復しなければ、到底【主】には勝てない。それは、攻略が半日以上遅れることを意味し、その分だけ経費もかさみ、魔石も昇華して儲けが減ることを意味する。

「それじゃあ、ぱぱっとやっちゃいましょう。ケイティさんとユリシャさんに、それぞれ【力を授けよ】と【速さを授けよ】の重ねがけでいいかしら？　なんなら【守りを授けよ】も重ねますか？　治癒に取っておく恩寵がなくなりますけど、今日はもう怪我をする可能性もないでしょう？」

　モナが満面の笑みを浮かべている。恩寵の恐ろしいところは、使用制限が一日単位であるため、一日分の恩寵を一度に行使可能という点にある。

「いや、速さが増すなら、敵の攻撃はかわせる。守りはいらない。だろ？」

「うん。いらない」

ケイティがユリシャに同意を求め、ユリシャがそれに応じた。

「私は最初に最大級の一撃をかますわ。それで魔力が尽きたとしても、多分、二撃目はいらないでしょ」

「俺の出番はなさそうだな。皮膚に投剣が刺さるかどうかも怪しい。まあ、目を狙えたら狙ってみるさ。なんなら、中層階の最初の広間でのように、俺が先制攻撃を仕掛けてもいい」

「そうね、その方が私の一撃もかわされにくいかもね」

一同顔を見合わせ、うなずき合う。

「く、最後の敵は我輩が倒したかったが、仕方あるまい。ここは貴殿らに譲ってやろう！」

【鷹の目】のメンバーでの話が終わったのを見計らって、サバレンが口を挟んできた。ここまで足手まといにしかなっていないのに、どの面下げてのセリフである。

【鷹の目】の一同は、呆れ顔を隠さない。

「だが……できれば……止めは我輩に刺させてほしい。差し出がましいことは承知している。後生である。ぜひとも聞き届けてもらいたい。頼む！」

サバレンが腰を直角に折り、頭を下げた。その殊勝な態度に、一同目が点になる。

しかも、申し出の内容がいまいち理解不能だ。敵を殺すことに慣れたいだけなら、ここに来るまでに散々魔物の止めを刺してきた。いまさら執着する意味はないだろう。

「それって、『ミノタウロス殺し』の栄誉が欲しいってこと？　貴族らしい願いだけど……」

一般には魔物の情報は流布していないため、その栄誉は冒険者の中でしか通じない。アルバはラキアの勘違いに気づいたが、あえて訂正はしない。

「違う！　断じて違う！　そんな、実の伴わない名誉などいらぬ！　ミノタウロスはお前たちで止めを刺したことにしてくれて良い。……その、理由は……なんというか、うまく説明できぬ。しかし、どうしてもやり遂げねばならんのだ！」

サバレンの様子には真実味があり、嘘や建前を言っているようには見えない。

「サバレン殿。確約はできない。ミノタウロスは手加減できる相手ではない。それに、死に際に反撃してくる可能性もある。つまり、止めを刺すのも命がけということだ。それでも良いのか？」

ケイティが真剣な面持ちでサバレンに問いかけた。サバレンが神妙にうなずく。

「それで構わない」

「よし。いいだろう。皆、構わないよな？」

「まあ、俺は別に構わん」「誰が止めを刺しても同じだしね」「そこまで言われては断れませんね」

「なに？　止めを刺した時、何が起きるの？　興味津々？　ぜひどうぞ」

話は決まった。

遂に【鷹の目】は迷宮最後の魔物にいどむ。

先鋒《せんぽう》として【消音】と【迷彩】を発動したアルバが広間に入った。

アルバは横目で、広間の真ん中に腰を下ろしているミノタウロスを捉える。その左右の脇には巨大な戦斧が二本置いてある。

壁伝いにミノタウロスの背後にまで回り込んだアルバは、そこからゆっくりと距離を詰めた。

ミノタウロスの息遣いがやけに大きく聞こえる。

十分に近づいてから、アルバは投剣を抜いて身構えた。

「おい、牛野郎！」

アルバが声をかけると、ビクッとミノタウロスが身を震わせた。次の瞬間には、両手で一本ずつ戦斧を摑みながら、肩口から半身で前転し、アルバの方を向いて膝立ちになる。

やはり、戦い慣れた動きだ。

だが、アルバはミノタウロスの動きを読んでいた。膝立ちになった瞬間に合わせて、強く踏み込んで投剣を放つ。

――ドンッ！

右目を狙った投剣は、わずかに逸れてミノタウロスの右目の上を傷つけた。ミノタウロスの肌の硬さゆえか、傷は浅い。だが右目の視界を奪うには十分な出血量だ。

「グムォワッ！」

ミノタウロスが威嚇するように声を上げた。左目でアルバをにらみつける。

――バリバリ！

薄暗闇が一瞬だけ白く染まり、雷光がミノタウロスの背中を打った。【雷電】の上位魔術【迅雷】の強烈な一撃である。

「グムォオオオオー」

ミノタウロスは背を反らし、叫び声を上げた。

「右が死角だ！」

アルバが叫ぶのと同時に、二条の光跡が暗闇を裂く。【速さを授けよ】で加速されたその動きは、もはや人間のものではない。

ミノタウロスの右側へ回り込んだケイティが、ミノタウロスの右腕に戦斧を振り下ろした。【力を授けよ】で強化された一撃は、ミノタウロスの腕に深々と刺さる。

堪らず、ミノタウロスの右手から戦斧が落ちた。

「ムォグア！」

ミノタウロスが左手の戦斧をケイティに振り下ろすが、すでにケイティは稲妻のような動きでその場から退避していた。空を切った戦斧が石の床を割る。

次の瞬間には、腕を振り下ろして上体が倒れたミノタウロスの背にユリシャが飛び乗り、二刀の刃をその喉元に押し当てていた。

「さよなら」

ユリシャは手を広げるように二刀を振り抜き、ミノタウロスの喉元から鮮血があふれた。その直後、ユリシャはミノタウロスの背を強く蹴り、驚くほどの距離を跳躍して着地する。

ドウッと音を立ててミノタウロスがうつぶせに倒れた。

すかさずケイティが、倒れたミノタウロスの膝裏に戦斧を振り下ろし、足を殺す。その間に再び走り込んできたユリシャが、ミノタウロスの左手首の腱を切断し、左手から落ちた戦斧を遠くへと蹴り飛ばした。

ケイティはミノタウロスの右手から落ちた戦斧を拾い上げ、大声を出してサバレンを呼ぶ。

「サバレン殿、急げ！」

モナの横から走り寄ってきたサバレンに、ケイティはミノタウロスの戦斧を渡した。

「レイピアでは折れる。これで首を落とせ」

サバレンは戦斧を受け取る。が、重すぎて支えきれず、斧《おの》頭が床を打つ。

「【力を授けよ】！」

モナが恩寵を発動し、サバレンの頭上に光の輪が出現した。

「うおおおおー！」

サバレンは戦斧を振り上げると、勢いよくミノタウロスの後頸部《こうけいぶ》へと振り下ろした。ガキッと戦斧がミノタウロスの脊椎に食い込む音がする。ビクン、とミノタウロスの体が痙攣した。

サバレンは再び戦斧を振り下ろし、ようやくミノタウロスの首が両断された。

「はあ、はあ、殺った……これで！」

戦斧を支えにして両膝を突き、サバレンは肩で息をしている。

終わってみれば、一方的な戦いであった。【大広間の主】といえども、恩寵の重ねがけの前にはまったくの無力であった。

「おつかれー」

「皆さん、おつかれ様でした。それでは、最後に【眠り姫】とご対面ですね」

微動だにしないサバレンをその場に残し、【鷹の目】の一行は【玄室】へと入った。

「【光あれ】」

モナの恩寵が部屋の内部を照らしだした。

がらんどうな部屋の中央に巨大な水晶の結晶がそそり立っており、その根元には複雑な魔法陣が描かれている。

結晶の内部には眠る少女の姿があった。年の頃は十代前半。白い布を巻き付けただけの古風な衣装を身につけている。その顔立ちは、整いすぎていて怖いくらいだ。

「あひゃあー」

ユリシャが感嘆なのか何なのか分からない声を上げた。

「これは、すごいな」

「本当に【眠り姫】ですね」

「うむ、見事なものだ。しかし、これは何なのだ？」

ケイティが疑問に思うのも無理はない。これはどう見ても、人間を生きたまま水晶に閉じ込めたものだ。

「この少女が太古の魔法使い？」

「さあ、違うと思いますけど。魔法使いだとしたら、危険すぎて、このような場所に置いてはおけないと思いますが」

太古の魔法使いは神のごとき力を振るい、魔法が使えない人間たちを奴隷にして支配していた存在だ。もし、太古の魔法使いがよみがえったら、国を挙げて討伐すべき対象となる。こんな辺境に放置されているわけがない。

「なるほど、なるほど。これ、多分【迷宮の核】ね。この術式は本で読んだことあるもの。間違いないわ」

水晶を一周しながら、その根元に描かれている魔法陣を興味深げに観察していたラキアが、声を上げた。

「【迷宮の核】？　これがそうなのか？」

ケイティが怪訝な表情になる。迷宮攻略初心者の彼女からすれば、聞くと見るとは大違いといったところだろう。

とはいえ、目の前のこれは、アルバの目から見てもかなり特異な事例と言えた。

「そう。迷宮全体を制御している魔法陣ね。普通は迷宮のどこかに巧妙に隠されているものだけど、ここまであからさまなのは珍しいわ。過去に発見されたものは、魔法陣を描き込んだ水晶球だったり、分厚い魔法書だったり、一見すると何の変哲もない石のレンガなんてのもあったらしいけど。これは、さしずめ生きている【核】ね」

「人間が、魔法陣なのか？」

「魔術師だって、魔術を使う時は頭の中で魔法陣を描くもの。魔法陣を記憶した人間を石の中に封じ込めて、魔法陣代わりに使っているんでしょ。この迷宮を造った魔法使いは、そうとうに悪趣味ね。ながめて楽しんでいたのかしら？」

「それじゃあ、この少女は、さしずめ太古の魔法使いの犠牲者といったところか」

アルバは水晶の中の少女を神妙な面持ちで見つめた。

「なぜだ！　なぜなんだ‼」

突然、部屋の外からサバレンの叫び声が聴こえてきた。

「ミノタウロスだぞ！　ミノタウロスを殺したんだぞ！　なぜだ！　なぜ足らない。そんな馬鹿なことがあるか⁉」

皆が一斉に部屋の入り口へ目を向ける。

「おいおい、何だ？」「なに？　なんなの？」「大丈夫でしょうか？　これは少し……」「うむ。ただごとではないな」「壊れた？　サバレン壊れちゃった？」

サバレンがゆっくりと歩きながら姿を現した。携えているというより、手放すのを忘れていたといった様子で、ずるずると戦斧を引きずっている。その表情からは生気が抜け落ち、まるで幽鬼のようだ。

部屋に入ると、サバレンはハッと顔を上げ、水晶に目をやった。しばらく無言で水晶の中の少女を見つめ続ける。呆然とした面持ちが、徐々に崩れ、嬉《うれ》し泣《な》きに変わる。

「ああ、見つけた。やっと見つけた。これだ！　これだよ！　なのに、なぜ？」

サバレンはよろよろと水晶に歩み寄ると、手のひらを水晶に当てた。

「彼女は、どうやって？　どうしたら、彼女をここから出せる？」

「そりゃあ、この魔法陣を……」

「ラキアさん、駄目！」

「え？」

サバレンが戦斧を振りかぶった。彼の視線は、水晶の根元の魔法陣に落とされている。

全員が一瞬固まってしまう。

「よせ！」

一人我に返ったアルバがサバレンに手を伸ばすが、その先で、サバレンが戦斧を振り下ろした。

魔法陣の描かれた床に戦斧が深く食い込む。サバレンが賜った【力を授けよ】の恩寵は、まだ効果が切れていなかった。

魔法陣が淡い魔力光を放つ。

水晶が輝き、その表面から光の粒が沸き立った。それと同時に水晶が徐々に小さくなってゆく。まるで、水晶自体が解けて光の粒に変わってゆくように。

「そんな。【迷宮の核】がなくなったら……。迷宮が……」

ラキアが呆然と呟いた。

アルバはサバレンの胸ぐらを摑むと、消えてゆく水晶にサバレンの背を叩きつけた。

「自分が何をしたのか分かっているのか！　お前は今、この迷宮を殺したんだぞ‼」

その直後、床の魔法陣がひときわ強く発光した。

皆、一瞬目がくらむ。

皆の視力が回復すると、そこにあるべき水晶も、水晶の中に眠る少女も、そしてサバレンとアルバの姿も、そのすべてが消え去っていた。

13．覚醒

「最悪だ……」

アルバは目の前の状況に絶望的な気分になった。

そこはどことも知れぬ石造りの部屋の中だった。おそらく迷宮の中には違いない。迷宮内で見かける形の魔術照明が天井にひとつだけ灯っている。

どうやら、サバレンが魔法陣を壊した直後に、この部屋に転移させられたようだ。

部屋全体の造りは、大小二つの部屋が鉄格子で仕切られた構造になっている。大部屋の方はそれなりに広く、小部屋の方はかなり狭い。アルバがいるのは大部屋の方だ。一見すると、独房とそれを見張る監視部屋のようでもあるが、大小どちらの部屋にも出入り口はおろか窓ひとつない。二部屋合わせて完全な密室になっている。

大部屋の中にはアルバの他に二人の人間がいた。一人はサバレン。もう一人は【眠り姫】と呼ばれていた少女だ。二人とも意識を失っている。サバレンは転移時に目眩を起こしたらしく、この部屋に来るなり転倒して気を失った。少女の方は水晶の中にいた時と同様に眠っているように見える。水晶はすでに消え去ってしまったようだ。

三人の位置関係は転移前の状態が引き継がれている。小部屋を背にしたアルバ、その前でこちらに足を向けて仰向けに寝ているサバレン。その向こうで身を横たえている少女。

そして最悪なことに、鉄格子で仕切られた小部屋の方には、危険な先客がいた。

オーガ――人食い悪鬼である。

オーガは浅黒い肌と剛毛を蓄えた人型の鬼である。体格は成人男性よりひと回り大きく、長く太い手足を持っている。膂力《りょりょく》に優れ、動きは素早く、爪も牙も鋭い。性格は凶暴で残忍、そして戦いを好む。生まれながらの狂戦士《バーサーカー》だ。

【魔力耐性】は持っていないため、前衛職と魔術師が組めば容易い相手だ。しかし単独で対処した場合、完全武装の熟練戦士ですら手こずり、ときに不覚を取ることもある。

せめてもの救いは、小部屋の中にいるオーガが一匹だけで、しかも武装していないことだ。それでも、オーガの爪による一撃は致命傷となりうる威力を持つ。アルバ一人で正面から戦ったら、勝てる見込みはない。

オーガは眠っているらしく、床に腰を下ろし、背を丸め、先程から微動だにしていない。しかし、わずかに呼吸音が聞こえるので、死んでいるわけではなさそうだ。

「う……ここは？」

サバレンが目を覚まし、上体を起こした。

「あまり大声を出すなよ。オーガが目を覚ますかもしれない」

アルバはサバレンが騒ぎだす前に先手を打って警告した。焦点の定まらない目で、サバレンがアルバを見る。

「オーガ？　何のことだ？　オーガって、あのオーガ？」

「そうだ。人食い悪鬼だ。見ろ」

アルバは顎をしゃくって、肩越しに小部屋を指し示した。

つられるように視線を上げたサバレンが、オーガを見るなり悲鳴を上げ、尻で床を拭くように後ずさる。

「ひいいい！」

「オーガが目覚めたら鉄格子が開くのか、鉄格子が開いたらオーガが目覚めるのか。どっちか分からんが、まあ、刺激しないのに越したことはあるまい。オーガは文字どおり人肉を喰《く》らい、骨まで貪るというからな。そうなったら、お前も俺も跡形も残らないぞ」

アルバの言葉を受けて、サバレンがぎこちなく首を縦に振った。

部屋の内部に視線を巡らせたサバレンが、おずおずとアルバに問いかける。

「ここは何だ？　どうして、こんなところに？」

「覚えていないのか？　お前が魔法陣を壊した。それで水晶が解けた。それをきっかけに、太古の魔法使いの仕掛けが動いて、ここに転移させられた。おそらく、そんなところだ。俺たちはあの時水晶に触れていたんで、巻き添えを食ったんだろう。ここは水晶が解けた時に【眠り姫】を始末するための処刑部屋だろうな」

「……そうだ！　【眠り姫】！　彼女は⁉」

サバレンが大声で叫ぶ。

「声を抑えろ。死にたいのか？」

サバレンは慌てて自分の口を押さえた。

アルバはオーガの様子を確認する。オーガが目覚める気配はない。どうやら多少の物音では目を覚ますことはなさそうだ。

「お前の後ろだ。息はしているが、目覚めそうにない」

サバレンは尻に火が点《つ》いたように腰を浮かせて振り返った。少女を見つけると、拳を握りしめ、喜びを露《あら》わにする。

「生きてる⁉　やったぞ！　【眠り姫】だ！」

能天気に歓喜するサバレンを見て、さすがのアルバも切れそうになる。

「お前……自分が何をしたのか分かっているのか⁉」

サバレンの背中に棘《とげ》のある口調で問いかけるアルバ。振り向いたサバレンの顔には、深刻さは微《み》塵《じん》もない。

「？　彼女を助けただけだ。何も悪いことはしておらぬ」

「バカが！　お前は迷宮を殺したんだ！　クルスターク家はもう終わりだ。破滅だよ、お前は」

アルバは吐き捨てるように言った。

「何を？　殺した？」

「その少女は【迷宮の核】だ。それをお前が壊した。この迷宮は【死んだ迷宮】になった。この迷宮では、もう魔物は召喚されない」

「それが何だ。魔物が召喚されぬなら、良いことではないか。魔物なぞ、いない方が良い」

まったく話が通じない。アルバも少し冷静さを取り戻す。

一般人はおろか貴族ですらも迷宮については多くを知らない。そこには魔物という恐ろしい存在がいて、そのかわりに魔石という価値のあるものが採れる、というくらいの認識なのだ。

「いいか？　魔物が召喚されなくなったら、まず身近なところで、魔石が手に入りにくくなる。魔石が高騰すれば、魔道具を使っている人間や、魔力の回復に魔石を使っている魔術師が困る」

「それは……しかし、全体から見れば、大した量ではあるまい！　違うか？」

アルバの言葉に明らかに動揺したサバレンだったが、負け惜しみのように反論した。

それに対し、アルバは素直にサバレンの言い分を認める。

「確かに、それは大した問題じゃあない。神殿が怒り狂うことに比べたらな」

「神殿がなぜ怒る？」

「前にラキアが話したのを聞いていなかったのか？　神殿は地上の魔素を減らしたいんだ。迷宮が魔物を召喚する時、大量の魔素が消費される。魔物自体、魔素を吸って生きている。魔物が召喚され続け、魔素が消費され続けること、それが神殿の望みだ」

アルバの言葉に、サバレンは本気で怒ったように反論する。

「そんなものは神殿の勝手な都合ではないか！　魔物が迷宮から出てきたらどうするつもりだ！

迷宮などあるから、魔獣が集まり、領民にも被害が出るのだ！」

「逆だ、馬鹿野郎！　【生きている迷宮】は存在するだけで魔素を大量に消費する。迷宮が死ねば、その分だけ周囲の森の魔素が濃くなる。魔素が濃くなれば魔獣が増える。何が少女を救っただ。お前のせいで、魔獣に襲われて死ぬ領民が増えるんだぞ！」

　勘違いしている者も多いが、迷宮があるから魔獣が増えるのではない。魔獣が増えやすい魔素の濃い森を選んで、太古の魔法使いが迷宮を造ったのだ。

　地上の魔素を減らすことは神の願いだが、それは同時に、魔獣が減少し、人の住みやすい土地が増えることを意味する。

「領民が……死ぬ？」

　サバレンはアルバの言葉が受け入れがたいのか、呆然としている。

「冒険者を雇えば、増えた魔獣を狩ることはできる。冒険者で間に合わなけりゃ、領主のところの兵士が投入される。領民への被害を最小限に抑えようとしたら、その分だけ冒険者か兵士が危険に晒されるんだ。誰かが余計に死ぬのは避けられない」

「兵士……みんなが……」

　サバレンの体が小刻みに震え始める。

「『迷宮殺しのサバレン』。お前はこれからそう呼ばれる。死んだ後もな。大馬鹿野郎のろくでなしって意味だ」

「……迷宮を……攻略すれば……核を壊して……手に入るはずであろう？　迷宮を攻略したのだ

ぞ？　ご褒美が、すごい力が……」

「褒美？　そんな者、誰がくれる？　誰が得をした？　迷宮攻略ってのは、魔物を殺して魔石を手に入れることだ。迷宮を殺すことじゃない」

「そんな……嘘だ……だって……我輩は……」

アルバは茫然自失のサバレンを放っておいて、今後のことを考える。

（まず、オーガをどうにかしなくちゃな。【辛子玉】が効けば良いんだが……）

密閉空間で【辛子玉】を使えば、サバレンと少女も少なからず被害を受けるだろうが、背に腹は代えられない。効かなければ、地力でオーガに対処しなくてはならない。

（他に何か見落としているものはないか？）

部屋の灯りは天井にひとつで、壁際はかなり暗い。アルバは【暗視】を発動させて、壁際を歩きだした。床や壁を触って隠し扉や仕掛けなどを探すが、何も見つからない。

部屋を半周したアルバは、違う視点から部屋の内部を確認すべく、視線を巡らせた。

その瞬間、少女と目が合った。ヒュッとアルバは息を呑《の》んで固まる。

身を横たえたまま、いつの間にか目を開いた少女が、じっとアルバを見ている。

アルバは背筋にゾクリとしたものを感じた。少女の面差しが尋常ではない。感情がごっそりと抜け落ちた、整い過ぎているその顔は、とても人間のものだとは思えなかった。

（何が太古の魔法使いの被害者だ。これがまともな人間か？　いや、そもそも太古の魔法使いの被害者だというなら、この少女は有史以前の生き残りということになる。最初から普通じゃない）

「お前ではないな」

上体を起こした少女が、アルバに向かって静かに言った。聞いているだけで寒気を感じるような、まったく感情のこもらない声だ。

少女の目覚めに気がついたサバレンが、尻もちをついたまま、少女を見つめて固まっている。

少女がゆっくりと立ち上がり、呆《ほう》けたままのサバレンを見る。

「約束されし者よ」

「へ？」

「願いを言え。生涯にただ一度の願いを。さすれば、我が神に聞き届けられよう」

サバレンの体がわなわなと震える。

「神？　……お前は神の……使い、なのか？」

少女がうなずく。

その時、アルバはいつの間にか鉄格子が開いていることに気づいた。

小部屋の中で、オーガがゆっくりと立ち上がる。

「ちっ……」

アルバはオーガ解放の条件に気づく。この少女が意識を取り戻すこと、おそらくそれが条件だ。

「サバレン、後ろだ！」

アルバの声にサバレンが振り返る。またぞろ悲鳴を上げるのかと思いきや、サバレンに慌てる様子は一切見受けられない。

「なるほど、これが神のシナリオか！」

そう呟くと、サバレンは視線をオーガに向けたまま、ゆっくりと立ち上がった。

「魔力だ！　俺に魔力を授けろ！」

「聞き届けた」

サバレンの叫びに少女が答えた。

その瞬間、サバレンの存在感が急に増したように感じた。その感覚をアルバは知っている。ラキアと対面している時に感じるものと同じだ。

ラキアに聞くと、それは魔力の気配だと教えてくれた。魔力は引き合う。魔力持ち同士は相手の魔力を感じることができるのだそうだ。

サバレンが落ち着き払った動作でレイピアを抜く。その顔には自信がみなぎっている。

オーガとサバレンが対峙《たいじ》する。

豹変《ひょうへん》したサバレンに気を取られ、【辛子玉】を使う機会を逸したことに気づき、アルバは苦虫を噛み潰した。今【辛子玉】を使えば、確実にサバレンを巻き込む。【辛子玉】がオーガに効かなかった場合、サバレンだけが無防備になってしまう。

サバレンは、目の前のオーガに臆することなく、肩越しにちらりとアルバを見て、不敵な笑みを浮かべた。

「後は任せろ。ここからは俺のターンだ！」

14. 死んだら神様に会った話

　トラックにひかれたと思ったら、何もない白い空間で老人と対峙していた。

「儂《わし》はこの世界を司る神じゃ。手違いで、寿命を迎える前にお前を死なせてしまった。お詫《わ》びに、好みの異世界に転生させてやろう」

　俺は迷わず、剣と魔法の世界を希望した。

　次の瞬間には、立派な石造りの神殿の中で、白い布をまとい顎髭《あごひげ》を蓄えたマッチョな神様と対峙していた。

「常人を超える力を授けてやろう。魔力と筋力、どちらが強い方が良いか？」

　考えるまでもない。筋力なんて魔法で身体強化すればいいだけのことだ。

「もちろん、魔力全振りで。あと、全属性の魔法をくれ」

　俺の要求にマッチョ神は渋い顔をした。

「構わんが、人としての生を捨てるのか？」

　なんでも、俺が転生する世界では、魔術が一般的で、魔法は特別な力なんだとか。どちらかと言うと、特殊能力っぽい扱いだ。

　そんで、太古の魔法使いが悪の限りを尽くしたので、魔法使いは絶対悪と見なされているそうだ。もし全属性の魔法を使える者が現れたら、全世界に敵視される【魔王】扱いになるらしい。

「うーん、魔王無双もありか」

「言っておくが、魔王は必ず滅びるぞ。なにしろ、魔王に対抗する勇者に力を授けるのは、神である儂の役割じゃ。当然、お前よりも強い力を勇者に授けることになる。勇者が負けたら神の威信に関わるからの」

「駄目じゃん！　っていうか、俺はスローライフ系が好きなのよ。スローライフなのに無双、最高じゃん？」

危険なのは嫌、怖いのも嫌、痛いのも嫌でござる。だから、最強がいい。

「ふむ、それじゃあ出自は、辺境貴族の嫡男辺りが良いかの？」

「お、いいねー。傾きかけた、ど田舎の領地を発展させる系？　現代知識無双！　よきよき」

自慢じゃないが、知識無双系の小説も結構読んでる。マヨネーズの作り方だって知ってるぜ！

「でな、魔力さえあれば、すべての魔術が使える。属性による制約はない」

「そうなの？　なんかこう、他人とは違う、特別！ってのが欲しかったんだけど」

やっぱ、分かりやすい俺ＴＵＥＥＥ要素は大事だと思うよ。

「そうさの。他人に隠し通せるなら、魔法をひとつくらい授けても良いぞ。試しに、欲しい力を言うてみい」

「特殊能力をひとつかー。まあ、そういうのも燃えるよなー」

異能バトルですね、分かります。

さて、他人から隠しやすくて、その上で最強の能力。何が良いだろう？

相手の能力を奪う力？　しかし、魔術は誰でも使えるらしいので、奪い甲斐《がい》がない。魔法を持っている人間はめったにいないので、奪いようがない。魔法無双を目指しているのに、剣技とかを奪っても何か違う。

回復能力もいいな。ダメージを受けてもへっちゃらだし、味方を救うことで感謝されるのもいい。しかし、ダメージを食らう前提なのが気になる。正直、痛いのは嫌だ。

ならば、高速移動はどうだろう。超スピードで相手の攻撃をかわせば、痛い思いはせずに済む。どんな攻撃も当たらなければ、どうということはない！

いや待て。どんな攻撃も避けられる、究極があるじゃないか！　しかも、使っても周囲にばれない。なにしろ、周囲が気づく前にすべてが終わっているのだから。

「やっぱ、時を止める能力が最強かなー」

「時を止める？　異なことを言う。時は最初から止まっておる。時が流れているのではなく、お前が時の中を流れているのじゃ」

「？　日本語でおk？」

「すべての事象は、時の中を流れておる。例えるなら、時が大地で、すべての事象はその上を流れる大河じゃ。大地は最初から動いておらん」

時間は流れるものと相場が決まってない？　頭の中で、流れている川をイメージする。いや、だったら、この流れているやつが、時間なんじゃね？　違うの？

「……じゃあ、その川の流れを止めれば良いじゃん？」

「馬鹿を言うな。大河に浮かぶ塵にすら満たぬお前がそれを成すと？　お前が欲する力を実現するには、大河の水すべてを一瞬で凍らせる必要がある。全宇宙のすべての事象を凍らせる？　儂でさえ、その大河の流れの一部を変える力しかないのに？　そんなことは、全宇宙の神々が一致団結しても実現できんよ」

「ええ〜」

神様ショボいよ。川ぐらい凍らせろよ。え？　宇宙全体が凍るってこと？　なにそれ？　世界の終わりじゃん。破壊神か！

「ちなみに、お前の言う『時間を止める』とは、具体的にどういう状態か言うてみい」

「え、そりゃあ、周りのすべてが止まって、その中を自分だけが動ける？」

「そりゃ、お前自身が超高速で動いてるだけじゃろ」

超高速で動けるヒーローなら知っている。でもあれ、周りは普通に動いて、その中でヒーローだけバビュンと動くわけだろ？　違う、そうじゃない。

「ちげーよ。周りは完全に止まってるんだよ」

「そしたら、どうやって動く？　お前を包む空気も止まっているのに？　壁に埋まっている状態と変わらんぞ？」

「え？　いやいや、空気が止まってても動けるだろ？」

風が吹いてなきゃ、空気なんて最初から止まってるじゃん！　なんで空気と壁が同じ扱いになるかな？　ちょっと何言ってるか分からないですね。

「ふむ。つまり、周囲の空気もお前と一緒に動くわけじゃな。ならば、自分に近いものは動いて、遠いものは止まると？」

「？　そうなの？」

「例えば、お前がその魔法を使っている時に物を投げるとする。投げた物体は、お前に近い間は動いて、お前から遠ざかると静止する。で、お前が魔法を解除すると、静止していた物体は、投げた直後と同じ速度で飛んでゆく。そんな感じじゃ」

「おお、それそれ。ナイフ投げると、相手の目の前で止まるのな！　漫画で見たことある！」

あんだよ、それだよ、分かってんじゃん！　最初からそう言えよ！

「じゃあ、それでよいな。お前がその魔法を行使する時、お前に近い物体ほど、固有時が加速する。さて、他に希望はあるか？」

しばし悩む。貴族の息子で、魔力が高くて、時間を止められる。もう最強じゃないか？

いや待て、大事なことを忘れていた。

「モテるようにしてくれ。顔だ！　顔を良くしてくれ！　あと、スタイルも！」

「容姿端麗だな。それならお安いご用だ」

後は何かあるだろうか。こう、自分に都合の良いことばかりが起こるような……。

「そうだ！　運だ。運を良くしてくれ。主人公補正ってやつだ！」

「ふむ。それは難しいな」

「なんで？」

「運には幸運も不運もある。稀なることが起こるという点で、両者は同じものだ。だが、それが良い結果を生むか、悪い結果を生むか、それはその人間次第ということになる」

「は？　なにそれ。幸運は幸運だろ？」

幸運の反対が不運だろ？　反対のものが同じとか、何いってんの？

「では、宝くじに当たるのは幸運か？」

「幸運に決まってんじゃん」

「金目当ての人間ばかりが周囲に集まり、本人も気づかぬ内に金遣いが荒くなる。気づいた時には無一文。しかし、昔のような普通の暮らしが、とてつもなく辛く感じるようになってしまっている。それでも幸運か？」

「…………」

そう言えば、そんな人間の動画を見たことがあるような……。

「では、何も特別なことが起こらない人生は不運か、はたまた幸運か？　その人間は運が良いのか、悪いのか？」

「え？　ええと、何も悪いことが起きないなら、運が良いんじゃね？」

「特別に良いことが起こらなくても、運が良いと？」

「いや、そうじゃなくて、良いことは起こって、悪いことは起こらないのが、運がいいってことじゃね？」

「なら、その良《よ》し悪《あ》しは誰が決める？　儂が決めて良いのか？　例えば、お前がとてつもなく辛い目に遭う。だが、それはお前を人間的に成長させる。なら、それは良いことだと儂は思う」

今、マッチョな神様の目がひどく意地悪になったのが分かった。絶対、ろくなことを考えていない目だ。俺、そういうの敏感なのよ、自慢じゃないけど。

「ちょ、やめてくれよ！　なんで俺が辛い目に遭わなきゃならんのよ！　じゃあ、良し悪しは俺が決めるよ」

「なら、宝くじが当たって、転落人生を歩むか？　お前はそれを幸運と言ったぞ？　お前が良いと思っても、結果がよいとは限らないだろう？」

あ！　確かに俺、そう言った。何？　このブーメラン。

そうか、問題は結果だ。最終的にどうなるかが分かればいいわけだ。なら簡単だ。

「だったら、未来予知だ！　未来が分かるようにしてくれ」

「ほう？　決定された未来がお望みか。ならここで、転生後のお前が死ぬまでのすべてを、ダイジェストで見せてやろう。その後、そのダイジェスト版とまったく同じ人生を歩むがよい」

「なんじゃそりゃ！　それじゃあ、ストーリーを知っている映画を、わざわざバーチャルリアリティで体験するようなもんじゃん。つまんねえよ、最後まで結果が分かってる人生なんて！」

未来が分かっても、それを変えられなきゃ意味がない。一番うまく行く方法を選べなきゃ駄目なんだ。

「ええと、そう、ゲームみたいに選択肢があって、その選択肢を選んだ場合の未来が分かれば、それでいいんじゃね？」

　おお、俺様ちょう冴《さ》えてる！　天才じゃね？

「まるで、攻略本片手にアドベンチャーゲームをするようなものだな。『つまんねえよ、結果が分かってる人生なんて』と言ってなかったか？」

　ぐさり、と神様の言葉が突き刺さる。くそう！　だって攻略本がないと先に進めないんだよ！　ちくしょう！　世の中クソゲーだらけだ！

「いいんだよ！　自分で選べるのが大事なんだよ。いんたらなんとかだよ！」

「インタラクティブ、だな。まあ、結論から言えば、それは無理だ」

「え？　なんで？」

「お前に選択肢があるなら、他の人間にも選択肢がある。当たり前だろう？　お前が選択肢を選んで未来を変えても、他の人間が選んだ選択肢で、さらに未来は変わる」

　なにそれ？　俺がゲームやってる脇で、他の奴が別の選択肢を選んで、俺が思ったようにゲームを進めなくするってこと？

「いやいや、それじゃあ駄目だ。俺だけが選択肢を選べるようにしてよ。他の人間に選択肢なんていらないんだよ！」

「ほう。つまり、お前だけが自由意志を持ち、他の人間に自由意志がない世界を望むか？　なるほど、お前が望むのは、完全なバーチャルリアリティで作られたゲームの世界か。そこで、ＮＰＣに囲まれて生きたいか。それなら話は早い。転生するまでもない。今から儂が作ったゲームの世界にお前を閉じ込めて、バラ色の夢を見せるとしよう」

さっきまで柔和なおっさんに見えていた神が、途端に恐ろしい存在に見えてくる。

背筋が凍る。俺は踏んではいけない地雷を踏み抜いたようだ。

「いや、なし。今のなし。ええと、未来予知なし。なくていい。最初は何だっけ？　そう、運を良くするところから、なしで！」

そう言うと、神様は途端に元の柔らかい雰囲気に戻った。

ほっ。よかった。

「ふむ、それじゃあ、他にないかな？」

疲れた。駄目だ。もう何も考えられない。

「はい。もういいです。十分です」

「そうか。まあなんだ。儂も意地悪がしたいわけじゃない。そうじゃな。生涯に一度だけ、儂が直接願いを叶えてやろう。人を害したり、新たな能力を欲するような願いでなければ、大概のことは叶えてやる」


結局、俺は気づかなかった。

もしかしたら、神様との会話のすべてが、俺に気づかせるためのものだったのかもしれない。でも、気づけなかった。

自分がどれだけ馬鹿かってことに。

それに気づいていれば、答えなんて簡単だったんだ。

必要なものなんて、たったひとつだったんだ。

俺を賢くしてくれ。知恵を授けてくれ。

多分、それだけで、良かったんだ。

15. 辺境領主の子息様

俺は念願の異世界転生を果たした。

「ホギャア、ホギャア――」

気がつくと俺は泣いていた。力いっぱい泣いていた。視野はぼやけて、何も見えない。

そしてようやく、たった今、産み落とされた瞬間なのだと気づいた。

それと同時に、周りから聞こえてくる声に愕然《がくぜん》となった。

「○×△※□×□○……」

言葉が分からん！

てっきり、初めから異世界の言葉を理解できるものと思っていた。考えてみれば、言語翻訳なんて便利な能力をもらった覚えがない。なぜ、そんな便利能力が当然のごとく与えられると思っていたのだろう。

うっすらと目が見えるようになる頃には、自分の名前が『サバレン』であることだけはなんとか理解できた。

――サバレン
なにそれ、かっこわる！　鯖《さば》が連続しているの？　朝練の親戚なの？　鯖の錬金術師なの？　ダサいデフォルトネームが変更不可とか、クソゲーかよ！
とりあえず、自分のことは『サーバレン』と呼ぶことにした。こちらの方が幾分かはかっこいい気がする。

それから数日過ごし、言葉を理解するのを諦めた俺は、他にできることを考えた。

やはり、魔法無双を目指すなら、魔力の底上げだろう。小説によくある『限界まで魔力を消費すると魔力の最大値が上昇する』ってのを試すことにした。

ここで、俺はまたしても大きな失敗に気づく。魔力が上昇したかを確かめるには、自分の魔力量を知る必要がある。しかし――

（ステータス！　ステータスオープン！　ステータス表示！）

ステータスを表示できなかった。

この世界にはステータスを表示する機能はない？　それとも、俺が知らないだけ？　ああ、こんなことなら【鑑定】能力をもらえばよかった。そうすれば自分のステータスも見られるのに。

このぶんだと、アイテムボックスも望み薄だろう。

めげていても仕方ない。まずは魔力を消費する手段として【時を止める】魔法を試してみることにした。

魔法を使っていることがバレないよう、子供部屋から人がいなくなるのを見計らって、俺は魔法を念じた。

（時よ止まれ！）

次の瞬間、周囲の音が消えた。最初から見える範囲に動いているものがなかったので、本当に時が止まっているのか、いまいちよく分からない。

それから体感で一呼吸――四秒くらいすると、周囲の音が戻った。体の奥から力が抜けるような感覚があったので、多分魔力を使いきったのだろう。

四秒は思った以上に短かったが、魔力の総量が増えれば、その分だけ時間が延びるはずだ。むしろ、すぐに魔力を使いきれるので、魔力の最大値を底上げするには効率的かもしれない。

時間を止めた後、五分くらい休んでいると、体中に力が満ちるような感覚があった。おそらく、魔力が回復したのだ。

俺は時を止めては、魔力の回復を待ち、そしてまた時を止めることを繰り返した。

だが、そうして数日を過ごしても、時を止めていられる時間は一向に延びなかった。その代わり、俺は自分の中の魔力を敏感に感じ取れるようになった。

そして、魔力を使いきった後にも、自分の中にわずかな魔力が残っていることに気づいた。これじゃあ、『限界まで魔力を消費すると魔力の最大値が上昇する』というセオリーどおりに行かないわけだ。

そこで俺は、自分の中の魔力を完全に使いきることを意識し始めた。最初はうまくいかなかったが、次第に自分の中に残っている魔力が小さくなってゆくことに気づいた。

数日後、俺は自分の中の魔力を完全に使いきることに成功した。

そして、俺の魔力は回復しなかった。

それ以降、俺の中から魔力が消えた。完全に消えてしまった。

（え？　なに？　まじ？　冗談だろ？　なんだコレ？）

俺は混乱し、恐怖した。

赤ん坊とはいえ、その時の俺の泣きっぷりは常軌を逸しており、両親もメイドたちも右往左往していた。

やがて、黒マントを着た、いかにも魔術師といった風貌の男を両親が連れてきた。そいつは、俺の体に手をかざし、何事かを熱心に調べ、そして、最後に首を横に振った。

両親の顔が絶望に染まるのを俺は見た。

俺はまた、泣くしかなかった。

数年後、この世界の文字が読めるようになった俺は、魔術に関する本を読んで真相を知った。

「なになに？　『魔力には互いに引き合う性質がある。魔力が回復する時、体内魔力が大気中の魔素を魔力に変換しながら引き込む。そのため、魔力の回復速度は体内魔力が多いほど速くなる』。なるほど。『仮に体内魔力が枯渇すれば、体内に魔力を引き込むことができなくなり、魔力は回復しなくる』!? 嘘だろ！ 『ただし、体内魔力がごくわずかになると魔術師は無意識に魔力の放出を止めるため、意識的に魔力を使いきろうとしない限り、魔力が枯渇することはない』だって！ そんな!!」

赤ん坊だった頃の俺をぶん殴りたい気分になった。なに小説を真に受けてんの？ バカなの？ 死ぬの？

魔術の本には、さらに衝撃的な事実も記載されていた。

『魔力と筋力が両立しないことは、多くの凡例から疑う余地はない。生まれついた時点で魔力量が多い者ほど、体質的に筋力が身につかない。それは鍛錬を行っても覆らない』だって？ 『それ故、過去多くの魔術師が魔術による身体強化に取り組んできたが、いまだ成果は出ていない』!? まじかよ、俺、魔力全振りしちゃったんだけど……」

とりあえず、神様に会ったあの日の俺をぶん殴りたい。

この世界の両親は、ありとあらゆる手段で俺の魔力を取り戻そうとしてくれたが、徒労に終わった。しばらくは魔法に未練たらたらだった俺も、遂には諦めた。

いつしか、俺は魔術嫌いになっていた。

魔力を失った理由とか、身体強化が無理だとか、知れば知るほど後悔に苛まれるので、魔術の知識を極力遠ざけた。おそらく、貴族として知っておくべき最低限の知識すら持ち合わせていない気もするが、知ったことではない。

「サバレンよ。どうせなら神話を読むといい。物語としても面白いし、本格的に神学を学ぶ上でも何かと役に立つ。それに……神話には魔術は出てこない」

魔術嫌いになった俺に、両親は神話の勉強を勧めてきた。

この世界の神話は、いわゆる多神教だ。それぞれの地域に氏神を祀《まつ》る神殿があり、それを中央神殿が統括している。俺の生まれたクルスターク家が治める領地には特定の氏神はおらず、街の神殿ではすべての神を祀っている。

実際の神様に会っている俺は、この神話が嘘っぱちであると感じた。あのマッチョ神は、自分がこの世界で唯一の神であるかのような口ぶりだった。

嘘を勉強しても仕方ないので、俺は神話についてもスルーした。


少年期に入り、俺は考え方を切り替えることにした。

クルスターク家は辺境領主の子爵家で武門の家系だ。しかし、父は笑って言っていた。

「ここ数十年は一度も戦争は起きておらぬ。家宝の剣もすっかり錆《さ》びついた。もう、戦働きをする機会はないやもしれぬな。お前が生まれたのが、この時代で良かった」

この領地にはたくさんの迷宮があるが、迷宮に住む魔物が外に出てくることはない。魔獣と呼ばれる凶暴な野生動物もいるが、そいつらは冒険者たちが始末してくれる。

つまり、子爵家の嫡男に収まっている限り、俺は危険とは無縁なのだ。

「別に最強無双にこだわる必要はないよな。貴族でいる限りは一生安全なスローライフを送れるんだから。よっしゃ！　辺境子爵に、俺はなる！　そのために、まずは現状把握からだな」

周囲が俺に下す評価に注意深く耳を傾けてみると、どうやら身分にこだわらない俺は、貴族の子息としては異端児らしかった。

確かに、領主邸の使用人にも平気で話しかけ、仲良くしている。父の配下の兵士たちとも気兼ねなく会話する。どうしても前世の感覚が抜けていないのだろう。

身分制度に無頓着なのは貴族としてはまずいらしいので、俺は平民に対して今までより尊大な態度で当たることにした。言葉遣いも、今まで使っていた使用人たちの口調に近いものから、父の口調に寄せるように意識した。いわゆる貴族言葉というやつだ。

俺が尊大な態度を取ると、なぜか使用人も兵士たちも皆喜んだ。

「サバレン様にも、ようやく貴族としての自覚が生まれたようで、なによりです。安心しました」

解《げ》せぬ。

俺としては、この態度は割と無理をしているので、ちっとも楽しくないのだ。フレンドリーな方が良くなくない？　駄目ですか。そうですか。


少年期も終わろうという頃には、なかなかに立派な子爵家子息に成長できたと自負していた。

少し早いが年齢的にも領地経営に興味を持って良い頃合いだ。俺は、いよいよ現代知識無双に乗りだすことにした。

父の子爵は俺に甘い。大概の我がままは許されたし、俺の言うことには熱心に耳を傾けてくれる。父にとって俺は、『生まれつき高い魔力を持ちながらも、幼い日に奇病によって魔力を失った悲劇の息子』なのだ。

父に進言すれば、俺が自ら動かなくても知識無双が可能だろう。


俺はまず、教育の大切さを父に訴えた。すると、こう諭された。

「教育は神殿の管轄だ。神殿は、神官や魔術師を増やすことに心血を注いでおるからな」

実はこの世界、識字率が意外に高かった。

神官は文系、魔術師は理系の教養が必要になるため、神殿は子供たちに無償で読み書きを教え、見込みのある子を神官や魔術師の卵として迎え入れているらしい。

「それに、子供たちは仕事を手伝える歳《とし》になれば、なりたい職業に弟子入りし、そこで必要なことを学ぶ。お前とて、今我輩に教えを請うているではないか」

十五歳で成人となるこの国では、悠長に一般教養を身につけている暇はないらしい。徒弟制ががっつり根付いていた。

教育については、俺の出る幕はないようだと悟った。


次に俺は街道の整備を提案した。人の行き来が盛んになれば、領地が潤うと思ったのだ。

「サバレンよ。知っておろうが街道は魔獣の森の浅い部分を突っ切って伸びておる。森を迂回していては、とんでもない距離になるからな。魔獣避けを敷設し終えるまでの間、作業員を魔獣から守るために兵士が必要だ。動員すべき兵士の数は、国家規模になるのだよ」

俺の提案は、ひとつの街が新幹線を延長しようとするようなものだった。


次に俺は、大胆な減税を提案し、無理やり父にのませた。

減税すると消費が増え、消費が増えると経済が良くなる。経済が良くなると税収が増えるから、減税分は取り返せる。確か、そんな理屈のはずだ。

しかし、これは大失敗だった。

この国の税制は人頭税というものだった。十五歳以上の領民一人ずつに一定額の税金がかかる。税率は領主に決定権があるが、税制は国の決まりで変えることができない。そして、領民が所属する領地を自由に変えることもできない。

つまり、この領地の経済が良くなっても、領民が増えない以上、税収は増えないのだ。

「領民が豊かになれば、死産や職を失って餓死する人間が減る。子供を作る家庭も増える。やがては税収も増えるはずだ」

父はそう言って笑っていたが、子供が増えても人頭税を取れる歳になるまで十五年かかる。子爵家の財政が破綻する方が先になるのではないか。

父の笑顔が俺には痛かった。


結局、この世界の事情に疎い俺では、知識無双などできるはずもないのだと悟った。

すでに青年期に入っていた俺は、焦りから半ばヤケになっていた。なんでもいいから知識無双がしたい！

「よし、マヨネーズを作ろう！」

マヨネーズの作り方くらい、俺でも知っている。酢と油と生卵、後は塩と辛子を少々。それを根気よく混ぜるだけだ。

こいつを子爵家の専売にすれば、いくらかは財政の足しになるだろう。

領主の館のコックに作らせようとしたら、蒼い顔をされた。

「卵を生のままで食べるなんてとんでもない。腹を壊すのが落ちです」

サルモネラ菌なるものの存在を思い出す。この世界にも似たような菌がいるのだろう。

「神官の使う恩寵であれば、食べ物に潜む毒を消せるとは言いますが……」

コックの助言に従い、さっそく神殿に協力を仰いでみたが、色よい返事は聞けなかった。

「大変心苦しいのですが、神殿では営利のみを目的とした事業にはご協力いたしかねます。同じ調味料でも塩などは生きるための必需品ですが、このマヨネーズは嗜好《しこう》品とお見受けいたします」

後日、俺から製法を聞いた神官がマヨネーズを作っていることを知った。

「権利侵害だ！　訴えてやる！　え？　個人利用の範疇《はんちゅう》？　他人のアイディアを無断で使って罰せられるのは、営利目的の場合だけ？」

神官の間では、ちゃっかりとマヨネーズブームが起きていた。

もう、俺にできることは何も残っていなかった。

石鹼《せっけん》の作り方なんて俺は知らない。

アルカリと油を混ぜることは知っているが、アルカリを手に入れる方法が分からない。

火薬の作り方も知らない。

硝石と硫黄と炭素が原料だとは知っているが、硝石と呼ばれるものが何なのかを知らない。

それでも、俺は転生者だ。転生者なのだから、俺にだけできることがあるはずだ。

主人公は、俺のはずなのだ。

16．クズ勇者に出会った件

度重なる失敗の中で、俺の心は疲弊していった。

言語翻訳も、鑑定も、マジックボックスも、ステータス表示もなしで転生させられたのは、あのマッチョ神に騙された結果なのではとすら疑い始めていた。

一体いつから、転生させてくれる神が邪神でないと錯覚していた？

あの神は一生に一度だけ願いを叶えてくれると言ってたけど、それもきっと罠に違いない！

そこで俺は、自分が不遇系の主人公なのではないかと思い至った。

魔力も筋力も持たない俺は、現状最弱の存在である。つまり、後は最強へ至るしか道はないのである。それが必然である。それが『ざまぁ』である。

逆転の目はどこにある？　勇者パーティーからの追放か？　ダンジョン最深部への遺棄か？
いずれにしろ、手がかりは冒険者ギルドにありそうだ。

スタークの街に出て、冒険者ギルドについて情報収集していた俺は、気になる噂を聞きつけた。

「【鷹の目】って、例のハーレムパーティーだろ？　あそこはベッピン揃《ぞろ》いだよなぁ。男の名前はアルバだっけ？　あの、幻惑系魔術がやけにうまいって噂の……」

頭の中で閃光《せんこう》が走った。

（幻惑系魔術だって!?　間違いない！　そいつは『クズ勇者』だ！）

クズ勇者――それは勇者パーティーの女性メンバーを【魅了】で寝取り、最終的には主人公に『ざまぁ』される存在だ。

過去、いくつもの国が【魅了】の魔術によって滅んでいる。幻惑系魔術は貴族にとっては禁忌だ。魔術についての知識は幼児期で止まっている俺だが、子爵家嫡男として歴史の勉強はちゃんとしたのだ。

「アルバがどんな奴かって？　ええと、いつもマスクをして、目の周りを黒く塗ってて、ぱっと見、不気味というか、胡散臭《うさんくさ》いというか、そんな奴だよなぁ」

話に聞くアルバの風体は、どう考えても女にモテるようには思えない。俺は、そいつが【魅了】で女性を虜《とりこ》にしているのだと確信した。

俺は冒険者ギルドへと急いだ。その時の俺は興奮状態だった。

「見つけたぞ、【鷹の目】のアルバ！　貴様に決闘を申し込む！」

冒険者ギルドでアルバを見つけた俺は、ろくすっぽ考えもせずに決闘を申し込んでいた。

しかし、アルバは俺を無視した。

冗談じゃないぞ。敵役に無視されたら、俺がモブキャラみたいじゃないか。なんとしても、こいつと敵対関係にならなきゃ、俺が主人公の物語が始まらない！

普段なら絶対に使わない『無礼討ち』なんて言葉まで持ちだし、生まれて初めて抜き身のレイピアを人に向けた。内心どきどきだった。

そこに【鷹の目】の女性陣が現れた。街でおおよその人相を聞きだしていたため、ひと目で彼女たちだと分かった。

彼女たちは俺の予想以上だった！

黒マントを羽織ったツリ目の美人は、きっとツンデレに違いない。神官服の女性は、見るからにおっとり癒やし系だ。赤毛が印象的な鎧のお姉さんは『くっころ』か？　目つきの鋭い彼女は、おそらく無口なクール系だろう。

うん、間違いない！

テンションの上がった俺は、改めてアルバに決闘を申し込んだ。

そこで、驚愕の事実が判明した。なんとアルバは戦闘職ではなかった。

敵を探す？　罠を見つける？　鍵を開ける？　それって盗賊の仕事じゃないの？　斥候職？　聞

いたことないぞ？

俺は混乱したが、アルバと斥候職で勝負することにした。

相手の専門分野で勝てば、その鼻をへし折れるだろう。もともと相手に有利な条件なので、負けてもさして悔しくはない。それに、俺が不遇系の主人公なのだとしたら、一度はアルバに負ける必要がある。そこからの逆転こそが大事なのだ。

そして、決闘についてギルド支部長のガットロウと話している時、俺は天啓を受けた。

【眠り姫の迷宮】！

迷宮の最深部に眠る美少女！　メインヒロインキタコレ！　間違いない。

遂に正規ルートに入ったのだと確信した俺は、さっそく【眠り姫の迷宮】にいどむことにした。


まずは事前に迷宮について調べてみた。俺は抜かりない男なのだ。やっぱ、攻略本は必須だ。

迷宮にまつわる文献は驚くほど少なかったが、情報をかき集めた結果、大変なことに気づいた。

なんだこれ？　ファンタジー小説に出てくるモンスターそっくりじゃないか！

この世界のモンスターは引きこもり体質らしく、迷宮の外に出てこない。そのため、どんな魔物が存在するのか一般には知られていなかった。今まで気づけなかったのも無理はない。

そして、過去に多くの領主が兵士を使って迷宮を攻略しようとして、ことごとく失敗したという逸話もあった。

迷宮にしかいないモンスター。多数の兵士でも敵《かな》わないモンスターを少数で倒せる冒険者。ならず者に毛が生えた程度の冒険者が、なぜそんなに強いのか。

答えはひとつ！　経験値だ！

モンスターを倒すことで得られる経験値。この世界で経験値を得られるのは迷宮を攻略している冒険者だけだ。そして、この世界にはステータスを確認する方法がない。つまり、冒険者だけが経験値を得てレベルアップしているにもかかわらず、ステータスを確認できないために誰もそれに気づいていない！

俺は一人で小躍りした。

レベルアップ時にはＨＰとＭＰが全回復するものと相場が決まっている。つまり、レベルアップさえすれば俺の魔力も回復し、俺は【時を止める】ことができる最強の魔法使いに返り咲ける！

俺の中で、最弱から最強へ至る道筋が出来上がった。

後は実行に移すだけだ。


父の部下から特に腕の立つ四人を選び、俺は意気揚々と迷宮攻略にいどんだ。

しかも、冒険者ギルド支部長のガットロウまで同行してくれた。彼は元冒険者で、いくつもの迷宮を攻略したと聞く。

これはあれだな、突っ立ったままで雑魚モンスターに攻撃されても、傷ひとつ付かないくらいの高レベルなんじゃないか？

四人の精鋭に加え、高レベル冒険者。彼らがいる限り、万が一にも危険はない。俺の中から恐怖心が吹っ飛んでいった。

しかし、現実は俺が考えるよりも過酷だった。

あの、最弱モンスターの一角を占めるゴブリンですら超怖かった。

なにあれ。すばしこいし、弓矢は使うし、刃物は振り回すわで、とんでもないぞ⁉　木の棒で倒せるくらいじゃないとバランス悪いだろ？

とりあえず、自力でゴブリンを倒すことは諦めた。

だが、経験値がパーティーで山分けなのか、止めを刺した者に入るのかが分からない。念のため、兵士たちに指示を出す。

「ゴブリンには無理に止めを刺さずともよい。もし死にかけのゴブリンがいたら、我輩自らが止めを刺す」

途中、何匹かゴブリンに止めを刺したが、レイピア越しに伝わる感触が気持ち悪く、吐きそうになった。これもレベルアップのためだと我慢した。

低レベルだと必要な経験値は少ないはずなのだが、なかなかレベルアップはしなかった。ステータスは確認できないが、俺の場合は魔力が回復するはずなので、すぐにレベルアップを実感できるはずだ。

迷宮を歩いている途中、よそ見をしていた俺は、壁の不自然な突起を押してしまった。

一瞬で意識が途切れ、目を覚ますと床に寝かされていた。

「サバレン様！　はあ、良かったぁ……。ご無事でなによりです」

兵士たちが俺を囲んで蒼い顔をしていた。俺が死んでしまうんじゃないかと思ったらしい。

どうやら俺は罠を起動してしまい、壁から放たれた毒矢に一瞬で意識を刈り取られたらしい。ガットロウが持っていた最上級の魔法薬で一命を取り留めたそうだ。

ポーションだ。そうか、やっぱりそういうのも、この世界にはあったんだ。

ガットロウの話では、魔法薬は時折迷宮の宝箱から手に入るそうだ。

怪我、毒、病気、何にでも効くが、あまりにも未知の物質すぎて、売り物にできないらしい。かの悪名高き魔法使いが作ったものだ。最悪、飲んだ人間が魔物化しても不思議じゃない。

今のところ、冒険者が自分で見つけたものを自己責任で使うだけらしい。一種の臨床試験なのだとか。過去、副作用が出た事例は数件程度だそうだ。

……いや、むしろ人体実験だろ、それ。

話の最後に、ガットロウがニヤリと笑って付け加えた。

「国としても原則使用禁止なのですが、時折、貴族の使いと思しき方がギルドに買い付けに来ます。まあ、公然の秘密というやつです。今回のことは特例ということで、他言無用に願いますよ」

この騒動の後、兵士たちは迷宮攻略の中止を求めてきた。

「御身に何かあれば、子爵様が悲しまれます。何卒《なにとぞ》、お聞き届けください」

俺自身は気絶していたので、自分がどんな状態だったのか知る由もなく、兵士たちの心配がピンとこない。

「実際、我輩は無傷で済んだのだから何の問題もない。迷宮攻略は続ける。クルスターク家の名誉にかけて、決闘の放棄などできぬ。死んだ方がまだ名誉が守れるというものだ」

心配する皆の顔を見ていると心が痛んだが、目的達成のために心を鬼にした。

俺はなんとしても迷宮攻略を続けなければならない。そう、魔力回復とヒロイン確保のために！


この直後から、それまで順調に進んでいた迷宮攻略の雲行きが怪しくなってきた。

おそらく俺に怪我をさせまいと兵士たちが神経質になり、気疲れを起こしたのだ。皆の集中力が急速に低下してゆくのが、俺にすら分かった。

そして、中層階を進んでいる途中で遂に最悪の事態に直面した。

「しまっ、ぐわ！」

前衛兵と魔術兵の連携が乱れ、虚を突かれた前衛兵の一人が敵の一撃を受けて昏倒《こんとう》した。

「サバレン様を守れ！」「くっ！　腕が……」

敵に囲まれる形となったもう一人の前衛兵も傷つき倒れ、後衛の魔術兵も殺到した敵に腕を負傷させられた。本来なら魔術兵を守るべき弓兵は、俺を守るために動けなかった。

「やらせるかよ！」

直後にガットロウが前に出て、あっという間に敵を蹴散らした。彼がいなかったら、俺たちは全滅していただろう。

前衛兵の二人は重傷だった。

「サバレン様、私が加勢した時点で、決闘は判定負けです。よろしいですね？」

実際のところ、俺は勝ち負けにはこだわっていない。むしろ、不遇系主人公である俺が、クズ勇者であるアルバに一旦敗北することは、十分に想定済みだ。

俺は決闘の敗北を受け入れた。

「【大広間】に向かいます。戻るにしろ【転移の魔法陣】を使った方が早い。【鷹の目】と合流できれば、恩寵での治療も受けられます」

俺にはよく分からなかったが、ガットロウの目には【鷹の目】の進んだ痕跡が見えているらしい。それ以降は、すでに事切れた魔物の死骸を横目に、罠に目印が付けられた道を進んだ。荷物の重さを除けば、拍子抜けするほど楽な行程だった。

俺たちは苦もなく【鷹の目】に追いつき、怪我をした兵士たちも神官の治療を受けることができたのだった。


その日は【大広間】で野営した。

体の芯から染みだしてくる疲れにまどろみながら、俺はどうすれば迷宮の最深部までたどり着けるかだけを考えていた。

翌朝、俺たちは【転移の魔法陣】で迷宮の入り口まで帰ることになった。

魔法陣が重量過多で動かなかった場合、ガットロウは迷宮の最深部まで【鷹の目】に同行するそうだ。

俺の欲しかった答えが、目の前にぶら下がっていた。

俺は、魔法陣が発動する瞬間を狙い、ガットロウが迷宮攻略用に用意していた荷物を奪って、魔法陣を出た。

【大広間】には、俺と【鷹の目】の面々だけが残った。

俺とガットロウの役割が入れ替わっただけだ。何も問題はない。これで俺は、迷宮最深部まで行ける。

目的達成まで、もう少しだ。

17. 静止した時の中で

俺を迷宮の最深部まで連れていかないと、クルスターク家が破滅するらしい。よくは分からないが、俺が迷宮攻略を邪魔したから、神殿が怒るそうだ。

クソ勇者のアルバは俺とクルスターク家の破滅が望みらしく、最後まで俺を連れて行くことに不満のようだったが、女性陣に押しきられていた。

これ、【魅了】が解けかけてんじゃね？

特に、女性陣の一人であるケイティは俺への態度が良好で、魔物の止めも刺させてくれると言ってくれた。

そう言えば、【鷹の目】の女性陣は初見とは随分と印象が違った。

ラキアはツンデレで間違いない。まだデレてないだけだ。きっと、いつか、必ずデレるに違いない。俺はそう信じる。

ケイティは『くっころ』じゃなくて、メスゴリラだった。いや、メスゴリラは言いすぎか。あれだ、マッチョ美女だ。きっと腹筋割れてる。シックスパックだ。間違いない。

そして、モナとユリシャは怖い。すごく怖い。癒やしでも無口でもなかった。なにこれ？　二人とも極寒だよ！

印象が違うと言えば、モンスターもそうだ。

コボルトが犬じゃないだと？　モフモフじゃないだと？　許せん。コボルトが犬じゃないなんて話、金輪際聞いたことがないぞ？　頭オカシイんじゃないのか？　何？　おかしいのはこちらだと？　もともと最初から竜種だと？

解せぬ。羽毛の生えた蜥蜴とか、恐竜じゃあるまいに。


そして、俺たちは遂に迷宮最深部に到達した。最終局面だ。

どうやらラスボスはミノタウロスらしい。

まあまあの強敵じゃないか。あれだ、迷宮の最後はミノタウロスと相場が決まっているやつだ。なぜかは知らんが。

当初の予定では、ここに来るまでに経験値を稼いでレベルアップを果たし、ラスボスは俺の【時を止める】能力で華麗に倒す予定だったのだが、仕方ない。ここは【鷹の目】の女性たちに華を持たせるとしよう。

そこで、俺は大変なことに気づいた。

これが最後のモンスター？　だったら経験値を得られるラストチャンスじゃないか！　まずい！

絶対に俺が止めを刺さなきゃ！

俺は必死になって、止めを譲ってくれるように懇願した。ここでも、俺の願いを聞き届けてくれたのはケイティだった。

これはもう、俺に惚《ほ》れているのでは？

ミノタウロスとの戦いは、【鷹の目】の圧勝だった。

俺はミノタウロスの首を自らの手で落とした。ミノタウロスと言えば、かなりの大物だ。経験値も多いに違いない。

これで俺は魔力を取り戻せる！

しかし、いつまで経っても俺の魔力は戻らなかった。

なぜだ！　これじゃあ、ストーリーが進まない！　いや、待て。まだ進行不能バグだと決まったわけじゃない。まだ最後に一番大きなイベントが残っているじゃないか！

混乱する思考を抱えたまま、俺は【眠り姫】の元に向かった。

【眠り姫】をひと目見て、俺は感涙にむせぶ。そこにいたのは、俺好みのロリっ子だった。

間違いない。俺のためのメインヒロインだ！

「彼女は、どうやって？　どうしたら、彼女をここから出せる？」

「そりゃあ、この魔法陣を……」

何？　魔法陣？　これを壊せばいいのか！

俺は持っていた斧を振り下ろし、魔法陣を破壊した。

そして気がつくと、【眠り姫】とともに、薄暗い部屋の中にいた。

うん、落ち着け。定番の遭難イベントだ。二人の絆《きずな》が強く結ばれちゃうやつだ。しかし、なんでアルバまでいる？　またバグか？　オーガまで？　何の冗談だ！

アルバが初めて俺に対して感情を露わにした。本気で怒っていた。どうやら俺は迷宮を殺してしまったらしい。

迷宮がなくなったら魔獣が増える？　迷宮があるから、魔獣が湧くんじゃないの？　逆なのか？

俺のせいで、魔獣に殺される人が増えるだって!!　嘘だ！　そんなこと、絶対に嘘だ!!

街の皆の笑顔が、館の兵士たちの笑顔が、脳裏に浮かんだ。

俺の頭の中は、もうぐちゃぐちゃだ。

おかしい。おかしい。おかしい。迷宮を攻略したんだぞ？　ご褒美は？　なんでみんなが死ぬことになる？　そんな馬鹿な話があるか。そんな話、聞いたことない、読んだことないぞ！

そうだ、相手はクソ勇者のアルバだぞ！　本当のことを言っているわけないじゃないか！

いや、そうか。分かったぞ。はは、なーんだ。これは絶望だ。不幸系の主人公が覚醒するイベントに付き物の、絶望というやつだ。ああ、気持ちが真っ黒に塗り潰される。これが絶望か！

でも、それなら、次に来るのは希望しかないじゃないか！

その時【眠り姫】が目覚めた。

【眠り姫】がアルバに言った、『お前ではない』と。そして、俺に言う、『約束されし者よ』と。

そうか、それでアルバはこの場所にいたんだ。【眠り姫】はアルバを否定し、俺を選ぶ。やっぱり、俺が主人公だったんだ！　その現実を突きつけるためだけに、アルバはこの場所にいたんだ！

そして【眠り姫】――いや、すでに目覚めたのだから、その呼び名は相応しくない。彼女――真ヒロインは言った。『生涯にただ一度の願いを』と。

俺の中で、神との会話がよみがえる。

そうか、筋書きを仕組んだのは、あの神か。邪神じゃなかったんだ。いや、俺が最弱なのも、そこから逆転するのも、【眠り姫の迷宮】がある土地の領主の子息に転生したのも、すべてはあの神が仕組んだことだったんだ！　なんだ、そういうことか。

そして、俺たちの前に現れるオーガ。

なるほど、こいつがやられ役――力を取り戻した俺にあっさりと倒される役か。ミノタウロスがラスボスじゃなかったんだ。俺は真ヒロインに選ばれ、力を取り戻す。そして、このオーガを圧倒的な力で倒す。そういう筋書きか。神め、味な真似をしてくれる。

なら、俺はそのシナリオに乗るまでだ！

「魔力だ！　俺に魔力を授けろ！」

子爵を継ぐと決めたあの日以来、使わずにいた平民の言葉で見得を切る。今ここに、領主子息サバレンを葬り去る。俺は、真の勇者サーバレンだ！

身体に魔力がみなぎってくる。赤ん坊の頃と同じ感覚だ。心がおどる。胸が熱くなる。

俺はオーガの目の前に立ちふさがった。

アルバの方を見ると、苦虫を噛み潰したような顔をしている。

そう、残念ながら、お前は主人公じゃない。主人公は俺だ！

——ざまぁ！

「後は任せろ。ここからは俺のターンだ！」

負ける要素はどこにもなかった。俺は【時を止める】魔法を発動する。

時が止まる。

俺は無防備な姿を晒すオーガめがけてレイピアを突きだした。

だが、そこで俺は違和感を覚えた。

レイピアの切っ先が徐々に速度を落とし、オーガに達する前に静止した。俺は相変わらずのスピードでレイピアを繰りだしているのに、だ。

それはつまり、レイピアが徐々に短くなってゆくことを意味した。少なくとも、俺の視界には、先端に向けて次第に短くなるレイピアが映っていた。

なんだこれ⁉　気色わるっ！

その光景に怖気《おじけ》づき、俺はレイピアを途中まで突きだした状態で魔法を解除した。魔法を発動していた時間は、体感で二秒程度。体内に感じる魔力は半分になっている。

次の瞬間、短くなっていたレイピアが元の長さを取り戻しつつ、オーガに迫った。

オーガが体を回転させながら吹っ飛ぶ。だが、手応えがない。俺は慌てて後ろに飛び退《しさ》った。

むくり、とオーガが起き上がった。その頬は深く傷付いているが、大した怪我ではない。おそらく、レイピアに突かれて吹っ飛んだのではなく、自分から身を捻ってレイピアをかわしたのだ。

俺は混乱した。

何が起きた？　考えろ。そうだ！　神が言っていた。俺に近いものは動いて、遠ざかると止まる。だから、俺から遠ざかったレイピアの切っ先は止まったんだ！

しかし、と俺は気づく。これでは動けないオーガを一方的に斬りつけることはできない。

あれ？　駄目じゃん！　いやいやいやいや、まてまて。

昔読んだ漫画では、時が止まっている間に複数のナイフを投げて、それが相手の目の前で止まり、そして時が動きだした直後に相手に刺さっていた。それと同じだ。オーガから見れば、一瞬のうちに目の前にレイピアの切っ先が出現し、それが通常の刺突と同じ速度で迫ったのだ。

確かに、途中で魔法を止めたので、突きが浅くなってしまったが、それをかわせるオーガの反射神経が異常なのだ。

そうか、だから、複数のナイフが必要になるのか。レイピア一本じゃあ、反射神経がいい相手にはかわされちゃうんだ。

えーと、ナイフ、ナイフ。どこかにナイフの束はないか？　って、あるわきゃねーだろ！

立ち上がったオーガが、俺を見て笑っている。

やばい、こいつ戦闘狂《バトルジャンキー》だ。かわすのがやっとの攻撃を受けて、むしろ嬉しそうに笑ってるぞ！

あかんやつだ！

俺は赤ん坊の頃を思い出し、自分の中の魔力を意識する。あの頃は魔力が尽きると、完全に回復するのに五分から十分くらいかかっていた。今は、半分まで魔力を使ってから十数秒で全体の六、七割まで回復している気がする。

そうか、魔力の回復速度は体内魔力に比例する、ってこういうことか！

問題は、どうやってオーガに攻撃を当てるかだ。要は、レイピアが止まる位置を、もっと相手に近づければいい。あと一歩、いや、半歩踏み込むだけでいい。

目だ。目を狙おう！

相手が止まっているのだから、狙うのは簡単だ。目にレイピアを刺せば、どう考えても剣先が脳に達して致命傷だ。

俺はオーガと向き合い、慎重に間合いを詰めた。

時を止めるのが少しでも遅れれば、逆にこっちがやられる。時を止めるのが早すぎると――

あれ？　今の魔力でも三秒くらいは時を止められるぞ？　とっとと時を止めて、三秒以内に間合いを詰めて攻撃すれば良くないか？

俺がすぐにでも時間を止めるべきだと気づいた瞬間、オーガが俺に飛びかかってきた。

俺は慌てて時間を止めた。反射的に、オーガの目を狙ってレイピアを繰りだす。

しかし、オーガは左の手を顔の前に掲げていた。まるで、最初から俺の狙いを読んでいたかのようだ。レイピアの切っ先がオーガの手のひらを貫く。

その直後、止まっているはずの時間の中で、オーガはレイピアごと手を握り込み、そのまま上にレイピアの刃を逸らした。

嘘だろ！　なんで、止まった時間の中で動けるんだ？　こいつも時を止める能力者だとでもいうのか！

オーガの右手がゆっくりと、そして徐々に速度を増して俺に迫る。

オーガの顔が笑っている。その顔がどんどん近づいてきて、ゆっくりと表情が変化する。

そうだ！　俺に近いものは動き、俺から離れたものは止まる！　近すぎたんだ！　今、オーガは俺の近くにいる！　俺と同じ時間の中に!!

頭が真っ白になり、体が動かなくなる。静止した時の中で、俺の時間だけが過ぎてゆく。

魔力が尽きた。

縮んでいたレイピアが伸び、しかし、俺の手とオーガの手の間で伸びきれず、へし折れた。その衝撃で、俺は吹き飛ばされ、尻もちをつく。

それが幸いした。

直前まで俺がいた場所をオーガの右手が風を切って通過する。あれをくらっていたら、肋骨《ろっこつ》くらい簡単に折れていただろう。

だが、危機が去ったわけじゃない。オーガが俺を見下ろしている。その顔に先程までの愉悦はない。もう、俺を強敵と見なしていない証だ。今の俺は、ただの獲物だ。

俺は本当の意味で絶望した。

何が『時を止める能力』だよ！　何が最強だよ！

俺はなんで迷宮なんかに入ったんだ？　子爵家嫡男として、のんびりと生きていくはずじゃなかったのか？　俺の目的はスローライフだったはずじゃないか！　それがなんで、オーガに殺されようとしている？

何を間違ったんだ？　どこから間違っていたんだ？

くそ、もう嫌だ。何が異世界転生だ！　何が剣と魔法の世界だ！　帰りたい。ああ、俺を元の世界に帰してくれ！　ファンタジーも無双も、小説の中だけで十分だ！

のそり、とオーガが俺に近づいてくる。死が、すぐそこまで迫っていた。

――パシッ
突然、オーガが左手を振って、空中で何かを掴《つか》み取《と》った。そして左手を開き、苦悶《くもん》の表情を浮かべる。

「ギ、ギガガッ」

「ちっ。よりによって血で濡れた手で掴むかよ」

見れば、アルバが何かを投げた姿勢で呟いていた。

アルバがちらりと俺の顔を見て、笑う。

「さて、『後は任せろ。ここからは俺のターンだ！』、だっけか？」

あふれてくる涙で視界が歪んだ。けれど希望が確かにそこにいた。

主人公という名の希望が。

18．因果を超えて

目の前で起こっている光景は、アルバの理解を越えていた。

「後は任せろ。ここからは俺のターンだ！」

突然、不敵に笑ったサバレンが真正面からオーガと対峙する。その時点で、アルバはサバレンの死を疑わなかった。

だが次の瞬間、サバレンは目にも留まらぬ速さでオーガへと踏み込み、レイピアによる刺突を繰りだしていた。

いや、目にも留まらぬ速さどころではない。レイピアを構えた姿勢から、次の瞬間には踏み込んで突きを出し終えていた。

オーガが吹っ飛ぶ。

ただ不思議なことに、その突きは中途半端な姿勢で止まっており、さらにはオーガにも避けられていた。最初は吹っ飛んだかに見えたオーガだが、実際は自分で転んで攻撃を避けたのだ。

サバレンの動きは瞬間的だったのに、なぜか剣先の動きはぎりぎりアルバにも見えた。オーガが反応できたのも、そのためだろう。

オーガがムクリと起き上がる。その顔は笑っている。

それを見て、アルバは希望を持つ。どうやら、このオーガは戦いを楽しむ性格のようだ。それなら、つけ込む隙が見つかるかもしれない。

オーガの表情に一瞬怯んだサバレンだったが、すぐに気を取り直してレイピアを構えた。

サバレンがじりじりと間合いを詰める。おそらく、次こそは避けられないように深く踏み込むつもりなのだろう。

だが、それは悪手だ。オーガに読まれている。サバレンの視線から、その狙いがオーガの目であることすらアルバには分かってしまう。それは、おそらくオーガ自身も同じだろう。

サバレンの表情が急に変わる。まるで、これから攻撃しますと雄弁に語っているように。見るに耐えないほどの素人ぶりだ。

案の定、次の瞬間、オーガがサバレンに飛びかかった。サバレンの狙っていた間合いを潰して、取っ組み合いに持ち込むつもりだ。

そして、また不可思議な光景が繰り広げられる。

気がつけば、サバレンがレイピアを繰りだし、それをオーガが左手で防いでいる。さらに、いつの間にかオーガの右手がサバレンに伸びている。

その時、アルバの目には、サバレンのレイピアが本来の長さより縮み、逆にオーガの首や腕が伸びたように見えた。

次の瞬間には、レイピアが折れてサバレンが吹き飛ばされ、オーガの右手が空を切った。

たった今、何が起こったのか、アルバには理解できない。しかし、サバレンの最初の一撃と合わせて考えるに、サバレンが何か魔術的な技を使い、オーガがそれを破ったのだろう。

尻もちをついて完全に戦意を喪失したサバレンを、冷めた表情でオーガが見下ろしている。

こんなことなら、サバレンと協力してオーガに当たるべきだったとアルバは後悔する。闘いの熱が冷めたこのオーガに、おそらく隙はない。

アルバはサバレンが戦っている間に取りだしておいた【辛子玉】を握りしめた。アルバのいる位置はオーガの視界にぎりぎり入っている。しかし、視界の外に移動しようとした瞬間に、オーガはこちらに飛びかかってくるだろう。

サバレンが殺されるのを傍観するわけにもいかない。意を決し、アルバはオーガ目掛けて【辛子玉】を投げた。

――パシッ
やはり、視界に入っていたのであろう、オーガが左手で【辛子玉】を掴み取り、そのまま握り潰した。次の瞬間には、左手を開いて苦悶の表情を浮かべる。

「ギ、ギガガッ」

「ちっ。よりによって血で濡れた手で掴むかよ」

【辛子玉】は水分に弱い。濡れると粉末が飛び散らなくなるからだ。しかし、それでも傷口にはしみるらしい。

オーガの瞳に熱が籠もる。不発に終わったが、【辛子玉】の効果はあった。すぐには引かない痛みに、オーガの冷静さが失われているのが分かる。しかも、あの左手はほぼ死んでいる。拳も握れず、爪も立てられまい。それどころか、下腕全体が痺れているように見える。

（これなら勝てる）

アルバはちらりとサバレンの顔を見る。サバレンの表情は虚ろだ。

「さて、『後は任せろ。ここからは俺のターンだ！』、だっけか？」

サバレンに対して『大きな口を叩いた割にはだらしないな』との意味と、次は自分の番だという意味を込めて呟く。とはいえ、これは少し意地悪だったかもしれない。サバレンがいなければ、おそらく活路は見出せなかった。

アルバはダガーを抜いてオーガに相対した。

その姿勢のままで、身じろぎひとつせず、深く呼吸する。

オーガが、やけにゆっくりと間合いを詰めてくる。

アルバはオーガの心理を想像する。

（普通のオーガなら人間相手にここまで警戒はしない。俺がサバレンと同じ技を使う可能性を考えているな？）

オーガから見れば、アルバとサバレンは魔界にはいない同種の生き物である。同じ技を警戒するのも当然だ。

（サバレンの時のように飛びかかろうにも、【辛子玉】のせいで左手は使えない。今のこいつには、レイピアより速いダガーの攻撃を防ぐ術がない。だから接近戦は仕掛けてこない。ならば頼るべきはリーチの差だ）

体格で勝り、腕の長いオーガであれば、素手でもリーチはダガーより上だ。

今このオーガは、アルバが一歩踏み込んでもダガーが届かない間合い、それでいて、自分の攻撃に相手が反応できない間合いを計っている。相手が反応できなければ、どんな不可思議な技も意味がない。

（このオーガは目がいい。サバレンの最初の一撃をかわしてみせたのが証拠だ。おそらく、自分の目の良さを過信している。だからこそ、戦いを楽しむような愚かなことができる。その過信が命取りだ）

オーガがわずかに間合いを詰めた。その瞬間をアルバは見逃さない。

（殺《と》った！）

アルバは身じろぎひとつせず、深く息を吸っている。

――ズシャ！

オーガの喉がぱっくりと裂けた。吹きだした血が何もない空間で突如消失する。

――ドンッ！

アルバが踏み込んだ足をさらに軸にして、体を半回転させながら大きく前進した。振り向きざま強く踏み込んで、ダガーをすでに裂けているオーガの喉へと挿し込む。次の瞬間、アルバの灰色の装束が返り血で染まる。

順番がまるで逆だった。

オーガの喉が裂けた後に、アルバは見てからでも余裕でかわせるほどの大きな攻撃動作で間合いを詰め、オーガに攻撃を仕掛けていた。

どさり、と音を立ててオーガが倒れた。

サバレンが呆然と呟く。

「なん……だと？　攻撃が当たってから、攻撃を繰りだした？　命中という結果が先で、攻撃という原因が後？　……因果の逆転!?　ありえない！　どんなチートだよ!!」

オーガの死を確認して、アルバは深く安堵の息をつく。

「ただの目くらましさ。なんてことはない」

そう、それはただの目くらましだった。

【透明】と【消音】は、姿や音を消す魔術と思われがちだが実際は違う。本当に姿や音を消しているなら、それは変性系魔術の範疇である。幻惑系魔術は相手の感情や認識を操作する。

【透明】と【消音】は『見えていない』『聞こえていない』と相手に錯覚させる魔術だ。厳密に言えば、見えている姿をその場の風景に、聞こえている音を静寂に、認識をすり替えている。相手はその姿を見て、その音を聞いているのに、それを代わり映えのない風景と静寂として認識する。

風景に溶け込むほど【透明】の消費魔力が減り、音を立てないほど【消音】の消費魔力が減るのは、認識をすり替える先との差が小さいほど魔力が少なくて済むためだ。

また、術者の姿や発する音を風景や環境音から切り分けて認識しようとしている対象ほど、魔術の効きが悪くなる。例えば、相手の目の前で【透明】を用いた場合、相手は一瞬こちらを見失いそうになるが、それ以降は『急に存在感が希薄になった』くらいにしか感じない。

ならば、ほんの少し前の自分の姿、ほんの少し前に自分が発した音と、認識をすり替えれば良いのでは？　それならば、消費魔力は少なくて済むし、むしろ相手に注目されるほど、耳を澄まされるほど、効果が高くなるのでは？

本人は当たり前だというアルバの発想は、他人からしたら奇想天外である。そして、その奇想天外をラキアは形にしてしまう。

それがラキアお手製の創作幻惑系魔術【遅延】である。

この魔術は、アルバの姿を見、アルバに対して耳を澄ました者に、瞬き二回分前のアルバを認識させる。そして、瞬き四回分でアルバの魔力が尽きる。ただそれだけのものだ。

オーガを倒した一撃も、アルバ自身は魔術を発動するのと同時に、普通なら届かない間合いから大きすぎる攻撃動作で間合いを詰めて、斬りつけたに過ぎない。

しかし、オーガは、身じろぎひとつしないアルバの姿を、深く吸われたアルバの呼吸音を、斬りつけられた後まで認識し続けたのである。

まったくもって、ただの目くらましだった。

19. 時計じかけの神

「なかなかに面白い余興であった」

戦闘中、沈黙を守っていた【眠り姫】が言葉を発した。

そういえば、まだ得体の知れないのが残っていたことを思い出し、アルバは弛緩《しかん》した精神を再び緊張させる。

「敵意はない。安心しろ。この器……少女のことは、そうじゃな、マーキナーとでも呼べ。デウス・エクス・マーキナーじゃ」

「……何者だ？　お前は」

【眠り姫】――マーキナーの変化をアルバはいぶかしむ。

最初に感じた人間離れした雰囲気は、すでにない。だが、年相応の少女に見えない点は変わっていない。今の彼女からは老成した人物の気配を感じる。

「お、お前は、神の使いじゃないのか？　てか、あの神が俺のために用意してくれたヒロインじゃないのか？」

サバレンが混乱した様子でマーキナーに問いかけた。

「神？」

アルバは神が苦手だ。

この世界には神が実在する。それは恩寵の存在が立証している。

アルバも恩寵の世話になっているため、神を邪険にするつもりはない。むしろ感謝すらしている。だが、個人的に親しくしたいとは思わない。そっち方面はモナの担当だ。

「確かに、このマーキナーは神に用意された、神の使いじゃ。しかしサバレンよ、お前のために用意された、というのは違う。むしろ逆じゃ。お前がマーキナーのために用意されたのじゃ」

「は？」

「クルスタークの血筋は、もともと儂に捧《ささ》げられておる。お前は生まれた時から、マーキナーを回収するための存在じゃ。まあ、無事に【封神結晶】から解放してくれたのは計画どおり。じゃが、望みどおりの力を与えたのに、オーガごときに後れを取るとは……なんとも情けない。そこは予定とは違ったのう」

「う……それは……」

　サバレンが言葉に詰まった。

　どうやらマーキナーとサバレンには浅からぬ因縁があるらしい。部外者が口を挟むべき状況ではないと判断したアルバは、黙って耳を傾ける。

「このマーキナーに戦う力はない。【封神結晶】から解放された後、この肉体を破壊する手立てを魔法使いが用意しているのは想定済みじゃ。故に、お前に力を授けたというのに、この体たらく」

「くっ……」

　サバレンの顔が恥辱に染まる。

「知るか、そんなこと！　っていうか、何か？　お前、俺を利用したのか！」

「言うたじゃろう？　クルスタークの者をどう扱おうと、儂の勝手じゃ」

「おかげで、俺は死にそうな目に遭ったんだぞ！」

「それがどうした。お前が望んだ力を与え、お前が望んだ出自を与えた。それ以上何を望む。それで死ぬなら、それがお前の限界じゃ」

「なっ！　それは……そうかもだけど。でも、俺は転生させてもらったんだ。だから、平穏無事にスローライフを送る権利が――」

「そんなもの最初からありはせん。手違いで死なせたから転生させる？　アホか！　神がいつからそんなに慈悲深くなった？　数えきれない理不尽な死を放置する神が？　星からほとんどの生命を奪うことも辞さぬ神が？　生前の不幸に報いるなら、恵まれた転生で十分じゃろう？　元の世界に戻すならまだしも、他の世界に放り込む？　世界の秩序を破壊したいのか？　そんな神がいたら、危険分子として他の神々に粛清されておるじゃろうよ。この儂のようにな！」

　聞き捨てならない単語があった気がして、つい言葉を発しかけたアルバだったが、すんでのところでそれを飲み込んだ。自分を危険分子と呼んで憚《はばか》らない神など、積極的に関わるべきじゃない。

「え？　……だって、俺、直接神様に会って……」

「ああ。前世の世界の神、か。ありゃ儂じゃ。お前が前世と信じるあの世界は面白い。あそこの知識を吸収することは、儂の趣味でな。もちろん、お前が会ったこの世界の神も儂。すべて欺瞞《ぎまん》よ。何もかも嘘っぱちじゃ。儂を誰だと思うておる？　伊達《だて》にトリックスターを自負しておらんわ！」

「え？　何が？　嘘？　どこから？」

「何もかもじゃ。もし、お前に叡智《えいち》があったのなら、『手違いで死なせたから』と聞いた時点で欺瞞を看破したじゃろうて。あるいは、己の無知に気づいて叡智を望んだのなら、儂の選択肢も違ったろう。じゃが、お前は時を操る魔法を欲した。まさしく、儂の望んだとおりに」

「…………」

　サバレンが呆けた顔で言葉を失っている。話の内容を理解できていないことが、その表情から分かる。

「今から、お前の呪いを解いてやろう。しかと聞け、サバレン。お前は、お前でしかない。それ以上でも、それ以下でもない。お前は初めから、クルスタークの領主子息のサバレンよ。それ以外の何者でもあったことはない」

「……何だよ、それ。訳分かんねーよ！　誰か説明してくれよ！」

サバレンが頭を抱えてうずくまった。

立ち直る見込みがなさそうなサバレンを見て、アルバはようやく口を開く。

「話は終わったか？」

「おお、そうじゃ。結果的にはお前がマーキナーを救ってくれた。神界との接合を確立するのに、サバレンだけでは時間稼ぎに足らんところじゃった。うむ、お前の働きに報いて、何か褒美をやろう。何かひとつ、願いを叶えてやる。人を害する願いでなければ、どんな力でも、どんな財宝でも、思いのままじゃ」

「どんな願いも？」

「うむ。なんせ儂は神じゃからの」

アルバは目の前で胸を反らせてドヤ顔をしている少女を見つめる。

やはり、この少女の中に『神』がいるらしい。アルバは『依代』という言葉を思い出す。先程から話を聞く限り、『儂』が『神』で、『マーキナー』が『依代』なのだろう。

にわかには信じ難いが、今はこの少女が真実を語っている前提で話を進めた方が得策だ。後で嘘だと分かれば笑って済ませられるが、本当の神が関わっていた場合、笑い事では済まされない。

　アルバはしばし悩む。現状で願い事を聞かれれば、答えはひとつだ。

　その願いを叶えるための力を欲することも可能だが、この胡散臭い神相手にへたに欲張ると、しっぺ返しを喰らいそうで怖い。素直に願いを言った方が無難だろう。

「願いなら決まってる。というか、サバレン。お前、あの時なんで『魔力を授けろ』なんて願いを言ったんだ？」

　放っておくといつまでも浮上しなさそうだったので、アルバはあえてサバレンに話を振った。

　サバレンが呆然とした顔でアルバを見上げる。

「え？　……だって……そうしなきゃ、オーガに殺されてただろ？」

「魔力を得て、オーガを倒して、その後どうする気だったんだ？　どうやってここから出るつもりだ？」

「え？　あ……」

　そう、ここは完全な密室である。オーガを倒しても、何も解決しない。

「ええと……こういうのは、敵を倒すと、隠し扉が開く、的な？」

「そんなわけあるか！　どんな理屈だ！　バカだバカだとは思っていたが、ここまでとは……」

　自信なげに答えたサバレンに、アルバは呆れ果てた。

「そんなわけで、俺の願いはひとつだ。俺を仲間の元に戻してくれ。一応、このバカも連れてな。まったく。願うなら、最初からそれだけで良かったんだ。そうすりゃ、オーガと戦う必要すらなかった」

「ふむ。いいじゃろう。力も財もいらぬ、か。実のところ、神界との接合が成ったとて、このマーキナーにできるのは『巻き戻す』ことだけじゃ。叶えられる願いを言えたお前は、合格じゃよ」

叶えられない願いを言っていたら、何をされていたのか。本当にロクでもない神のようだ。

「では、戻るか」

マーキナーが指をパチンと鳴らすと、アルバは迷宮の【玄室】に戻っていた。サバレンとマーキナーも一緒だ。三人の位置が転移させられた時と同じ場所に戻っている。

「アルバ！」「アルバさん！」「おお、アルバ殿！」「アルバっち、生きてた？　本物？」

【鷹の目】の女性陣が目を丸くしている。

「ああ、無事だ。心配かけたな」

「アルバさん、血が！」

「返り血だ。問題ない」

「とりあえず【清め】ますね」

そういって、アルバに近づこうとしたモナが、固まった。次の瞬間、モナは後ずさり、膝をついて頭を垂れる。

「こ、これは、拝謁を賜り、恐悦至極にございます。神官のモナと申します」

モナがアルバの背後にいたマーキナーに平伏《ひれふ》したのだと悟り、アルバはサバレンを引っ張って脇に避ける。

「ふむ、分かるか」

マーキナーは満足げな顔でモナに尋ねた。

「はい。これほどの神気。疑いようもございません」

「して、儂が誰かは、分かるかの？」

マーキナーが悪ふざけをする時の子供と同じ顔で聞いた。モナが恐縮する。

「……未熟なこの身が恥ずかしゅうございます」

「よいよい。分からずとも当然じゃ。なにせ、儂は中つ界への接触を禁じられておるからの」

「！　父神様にあらせられる！」

モナの驚愕とは裏腹に、他の誰一人驚く様子はない。

「父神？」

「もしかして、あの少女は【眠り姫】か？」

「ケイティ、いまさら？」

「父神って確か……クル――」

「ラキアさん！　神名を軽々しく口にしてはなりません！」

「はひぃ！　ご、ごめん、なさい」

尋常ならざるモナの剣幕に、珍しくラキアが萎縮している。

モナがマーキナーを一同に紹介する。

「こちらにおわすは、神々の父君にして、時氏神様であらせられます」

「ま、このマーキナーは単なる器じゃ。そこまで畏《かしこ》まることはないぞ」

マーキナーが権高な態度で言うが、畏まっているのはモナだけである。

「誰なんだ？」

アルバはラキアに近づくと、小声で尋ねた。モナに次いで神学に詳しいのはラキアである。ケイティもこちらに顔を寄せてくる。

「あー、主な神様全部のお父さんで、時を司る神様よ。で、神界一の悪戯《いたずら》好き。あまりにも悪ふざけが過ぎるから、幽閉されて、人間界への干渉を禁じられてるって話。古き神、幻の神よ。モナの様子を見るに本物臭いわね。ああ、これって、神殿の歴史に残る珍事じゃないの？　これほんとに大丈夫？」

ラキアも珍しく平静さを失っている。

神学に疎いアルバには何が大事なのかさっぱりだが、厄介な神であることは間違いなさそうだ。

「それにしても、面白い面子が揃っておるの。なんじゃ、お前、なんでこんなところにおる？」

「へ？　おっさん誰？」

「ユリシャさん！」

マーキナーに対してぶしつけな態度のユリシャにモナが蒼くなった。こんなに取り乱しているモナを見るのはアルバも初めてだ。

「おっさん、て。一応、今の見た目は可愛らしい少女のはずじゃが？」

「いや、隠しきれないおっさん臭が。というか加齢臭？」

「口が減らんやつじゃのう」

マーキナーと親しげに会話するユリシャの腕を摑んで、ケイティが詰問する。

「おい、ユリシャ。お前、この神様と知り合いなのか？」

「え？　うーん、思い出せない……誰だっけ？」

腕を組んで首を傾げるユリシャにマーキナーが肩をすくめる。

「まあ、よいわ。でな、モナよ、お前に頼みがある」

「はい。なんなりと」

「ここで【迷宮の核】にされとったこのマーキナーは、儂が中つ界に接触するための唯一の器じゃ。大昔に魔法使いに奪われてな、取り戻すすべを探しておった。で、今回、このサバレンを遣わした次第じゃ。故に、サバレンが迷宮を殺したのは、すべて儂の命令に従ったまで。この者に罪はない。そう神殿に証言してくれるか」

「はい。かしこまりました。元より神の御心なれば、誰が罪に問えましょう」

「うむ、助かる。本来なら、迷宮をよみがえらせてやりたいが、マーキナーは時氏神の恩寵を使える神官としての力しかない。迷宮をよみがえらせるとなると、マーキナーが【封神結晶】に戻るしかないでの」

「その御心だけで十分でございます。依代様が顕現なされたとなれば、迷宮のひとつやふたつ、その対価としては安いほどです」

「まあ、儂は久方ぶりに中つ界を満喫するつもりじゃ。今回の借りは、いずれマーキナーのできる範囲で返させてもらうとしよう」

「もったいなきお言葉でございます」

モナはマーキナーの言葉にただただ恭順する。神官としては、そうせざるを得ないのだろう。

「というわけで、サバレン」

「え？　俺？」

急に話を振られて、サバレンがキョトンとする。

「マーキナーの保護者はお前じゃ。ちゃんと面倒を見ろよ」

「……ええと、もしかして、この美少女の中身って、あのマッチョ神なの？」

「なんじゃ、今ごろ気づいたのか？」

「ええー！　だって、最初はなんか、雰囲気違ってたじゃん！」

「あれは神界との連結が完了するまでの疑似人格じゃ。単なる人形じゃ。なんじゃ、お前？　あんな非人間的なのが好みか？」

「そんなぁ。中身おっさんのヒロインとか、ありえない！　認められない！　せめてロリババアが限界だろ？」

口調が変わっている以外は、サバレンも随分と元の調子に戻っている。マーキナーが語っていた彼自身についての話はもういいのだろうか、とアルバはいらぬ心配をする。

「知ったことか！　ほれほれ、お前には、無事なことを伝えるべき人々が待っとるじゃろ。さっさと地上へ戻るぞ。ほら、お前たちも、行くぞ！」

マーキナーが一人ですたすたと【玄室】を出てゆく。

「時氏神様、この後、神殿の方へお立ち寄り願えませんでしょうか？」

「ちょ、待ってよ。俺、これからどうすりゃいいの？」

モナが慌ててマーキナーの後を追い、その後にサバレンが続く。

【鷹の目】の残る四人は、完全に置いてけぼりである。

「……ああ、そういえば、そろそろガットロウの胃に穴が空いてる頃合いじゃないか？」

「そうね。多分、迷宮の入り口で気をもんでるわね」

「正直、吾には何がなんだかさっぱり分からん。とりあえず、長居は無用だ。帰るとしよう」

「うーん、あのおっさん、誰だったかなー？」

一同は【転移の魔法陣】で迷宮入り口へと戻るべく、【玄室】を後にするのであった。

20. 決して戻らない日常

「どうしてこうなった？」

アルバは頭を抱えていた。

スタークの街の冒険者ギルド。その受付窓口に併設された飲食スペースには【鷹の目】の一同が集まっていた。

ケイティがアルバの肩に手を置き、首をゆっくりと横に振る。ユリシャがアルバの頭を優しく撫でている。モナとラキアは黙ってそれを見ている。

あの日、マーキナーとサバレンを伴った【鷹の目】を迷宮入り口で出迎えたのは、憔悴《しょうすい》しきった顔のガットロウと兵士たちだった。

一行は迷宮入り口の野営地で一晩明かし、翌日にはスタークの街へ戻った。

モナの勧めでスターク神殿へ赴いたマーキナーは、そこですべての神々が祀られている事実に腹を立てた。そう、もともと時氏神はこのクルスターク領の氏神であり、クルスターク家は時氏神を代々奉る氏子だったのだ。

スターク神殿の神殿長がマーキナーに面会し、マーキナーが時氏神の依代であることを認めた。それと同時に、スターク神殿は中央神殿と連絡を取り、相談の結果、マーキナーの存在は当分の間、秘匿されることになった。失われた神である時氏神、そして神との直接的な交流を可能とする依代は、世界を揺るがしかねないほどの存在なのだ。

秘匿とは言っても神官は嘘がつけない。ただただ黙して語らずだ。マーキナーについて尋ねられれば、時氏神の恩寵を賜れる稀有《けう》な神官、とだけ答える。一応、嘘は言っていない。

だが、マーキナーの存在を秘匿すると、サバレンの罪状が宙に浮く。神殿側から見れば『神の意思に従って神の依代を奪還した称賛に値する行為』であったとしても、表向きは『迷宮殺し』の大罪人である。

結局、神殿の審判によりサバレンは有罪となった。

彼が自ら迷宮を殺したこと、ただし、迷宮殺しの直前の様子が常軌を逸していたこと、【眠り姫】を【迷宮の核】であると認識していなかったこと、それらをモナが証言した。

さらに、初めての迷宮攻略で極度の緊張状態に晒されていたこと、サバレン自らも死にかけたことなどをガットロウが証言した。

結果として【眠り姫】という一見して弱者と思える人物を救おうとした善意の行為と心神耗弱による判断力の低下が招いた過失であるとの判決であった。嘘がつけないという制約の中で、サバレンの罪が極力軽くなるよう、神殿が最大限に配慮した結果である。

罪を問うのは神殿の仕事だが、罰を下すのは国王の仕事である。

迷宮殺しが過失であったこと、クルスターク卿自身は当時領地におらず事件について知る由もなかったこと、事件を起こした時点でサバレンはすでに廃嫡済みであったことから、クルスターク家には累が及ばないこととなった。廃嫡についても書類の日付改竄《かいざん》による偽装である。

そこには、時氏神の氏子であるクルスターク家が取り潰されることのないよう、中央神殿からの最大限の働きかけがあった。しかし、神殿の働きかけにも限界はある。

サバレン本人は結局、毒杯を賜ることになった。

過失とはいえ、ひとつの迷宮が死んだ事実は覆らない。誰かが責任を取り、神殿への誠意を示す必要があると国王は考えたのであろう。

死して責任を取るのもまた貴族の義務であり、その点において貴族の命はとことん軽い。処刑ではなく貴族として毒杯を賜ることは、王家からの最大限の温情であった。

辺境領主の子息、サバレンは死んだ。

取り乱すこともなく、致死性の毒をあおり、息の根が止まった。

立派な最期であった。

王国の検分役が遺体を確認し、彼の名は正式に貴族名簿から抹消された。書類の日付改竄で済んだ廃嫡とは違い、人一人の死に欺瞞が入り込む余地はなかった。


――で、現在に至る。

「でな、俺は考えた。ない頭で考えた。結論としては、やはり俺は主人公じゃない。この世界の主人公は、お前だ、アルバ」

今、アルバの前で熱弁を振るっているのは、新米冒険者のサーバレンである。サバレンではない。サーバレンだ、と本人は言い張っている。

時氏神の恩寵は、まさしくデタラメだった。モナですらデタラメだと認めた。治癒なんて生半可なものではない。もっとやばい何かだ。

『なに、こやつの固有時を死ぬ前にまで巻き戻しただけじゃ』

世界の法則が乱れるので、勘弁してほしい。

そして、新米冒険者のサーバレンが誕生した。

以前と何も変わっていない。顔も、声も、大馬鹿野郎なところも。言葉遣いが貴族言葉から平民言葉に変わっただけだ。

当然、クルスターク領の者は、その事実に気づく。皆、最初は目が点になる。次の瞬間、多くの者は大喜びする。一部の者は苦笑いする。

領主様はニコニコ顔だ。領主の館のメイドもコックも嬉し泣きしていた。

最近では、領主のところの兵士たちがしょっちゅうサーバレン目当てでギルドに顔を出す。『お前ら、冒険者は嫌いじゃなかったのか？』とアルバは問いたい。


アルバは改めて、街の者にサバレンの評判を聞いてみた。

曰く、憎めない大馬鹿野郎。一発殴らせろ。

曰く、残念イケメン。だが、そこがいい。

曰く、愛すべきダメ人間。そのダメっぷりに癒やされる。

曰く、失敗してもめげない男。でもまた、必ずやらかすのは勘弁しろ。

曰く、平民を見下す言葉を吐きながら、平民好きが隠せていないおマヌケ。

曰く、無能なのにいじけてない姿に、何かこっちまで元気出る。

半分悪口なので、本人には内緒らしい。

なんだ、こいつ人気者じゃないか、とアルバは思った。

この大馬鹿野郎のどこに好意を抱く余地があるのか、アルバにはさっぱり理解できない。いろいろ考えた結果、こんな馬鹿でも、はたから見ている分には面白いのだろうという結論に至った。

なんだか、いろいろアホらしくなったアルバであった。

アルバの肩に手を置いたケイティが、処置なしだとでも言いたげに、苦笑いを浮かべて首を横に振っている。

ユリシャがアルバの頭をよしよしと撫でているが、慰めているのではなく、むしろ煽《あお》っているのが表情から丸分かりだ。

ラキアがそれを半目で見ている。

「そういえば、サバ……サーバレンさんは、マヨネーズって、ご存じですよね？」

苦い顔のアルバに気づいたモナが、話題を変えようとサーバレンに問いかけた。

「ああ、もちろん知ってるよ。神官たちの間では人気なんだろ？」

「私、一度マヨネーズを作る時、卵を【清め】忘れたことがあったんですよ」

「ああ。そりゃまずいなー。お腹《なか》壊さなかった？」

「それが、数日後に【清め】ていないことに気づいたので、【清め】ようとしたら、不発に終わりまして」

「不発？」

「はい。恩寵が無効だった場合、神官にはそれが分かるのです。つまり【清め】る対象が存在しなかったのです」

「ええと、つまり、どゆこと？」

「多分、お酢とお塩のおかげかと。それらには【清め】に似た効果がありますから、少し経つと、生卵の毒を殺すのではないでしょうか」

「まじで？」

「はい。何度か試してみましたが、よく攪拌《かくはん》して、水分が混ざらないように気を付ければ……」

「！　ありがとう！　俺、今から父上、じゃなかった領主様のお屋敷《やしき》に行かなきゃ。おい、ほら、いくぞマキちゃん」

「おいこら、引っ張るな。菓子が落ちる。やめんか馬鹿者！　先に行っておれ！　これを食ったら、すぐに追いつく」

「ちゃんと来いよ！　じゃ、またな！」

サーバレンが【鷹の目】の面々に手を振って、足早にギルドを出てゆく。

「のう、アルバよ。あやつが今週、何回死んだか知っておるか？」

「知りたくもない」

問いかけてきたマーキナーにアルバはしかめっ面で答えた。

「四回じゃ、四回！　あやつ、全然魔獣狩りがうまくならん。儂が巻き戻さなんだら、どうするつもりなのか。お前からも、少し何か言ってやれ！」

「なんで俺が……」

あの後、サーバレンがアルバに『見られてしまったし、お前だけには教えておく』と言って、オーガと戦った時の技について教えてくれた。あれは時氏神の加護で、魔力を消費して時間を止められるらしい。なんだ、そのデタラメは。

それに、魔力が枯渇していたらしいサーバレンは、あの一件のあと、馬鹿みたいに強大な魔力を持っていることが発覚した。ただし、本人は『魔法陣なんて覚えられない！』と弱音を吐いて、魔術の習得は進んでいないらしいが。

その、デタラメな加護と魔力で、サーバレンは魔獣狩りに勤《いそ》しんでいる。魔獣狩りをするために冒険者になったと本人は言う。狩りに行くのは決まって【眠り姫の迷宮】があった森だ。

そして、魔獣に返り討ちにあって死ぬ。死んではマーキナーが巻き戻し、そして、また死ぬ。何度でも死ぬ。死にたがっているようにすら見える。

なぜ、サーバレンがそんな暴挙を続けるのか、その理由をアルバは知っている。

多分、ギルドの全員が気づいている。

なにしろ、やつは自分で名乗っているのだ。『迷宮殺しのサーバレン』と。

だから、誰も何も言わない。

神殿が許そうが、被害者が出たところでマーキナーが巻き戻してしまうだけだろうが、本人が自分を許せないのだとしたら、他人がとやかく言うことではない。

ただアルバは、サーバレンと顔を合わせれば、今日のように、その与太話に付き合ってやる。ただ、それだけだ。

「これはあれか？　間接的に儂に嫌がらせをしておるのか？　儂だって、好きでマーキナーの体を【迷宮の核】にされたわけではないのじゃぞ？」

「……それでも、あいつをよみがえらせ続けるんだろ？　なんだかんだ言って、あんたも、アイツのことが好きなんじゃないか？」

「ふん。あれは儂の手駒じゃ。死なせてなるものか。そもそも、最初から全部儂が悪いといっておるのに、なんであやつが死ぬ必要がある？　しかもあやつは、儂に文句ひとつ言わんのだぞ？　人間という奴は、いつまで経っても阿呆《あほう》のままじゃ。……さて、そろそろ行くかの」

指についた菓子の粉をぺろぺろと舐《な》めつつ、マーキナーが席を立つ。

次の瞬間、その姿がかき消えた。自分の位置を過去のいずれかに巻き戻したのだ。

「ああっ！　マーキナーさん、あれほど自重してくださいと言っているのに……」

モナが弱り顔になっている。

最近、どうにも日常が騒がしい。いや、日常が落ち着いてる冒険者なんて、いるわけがないのだが。それにしても限度がある。目立たず、誇らず、ひっそりと生きてゆくのがアルバの信条だったはずだ。それが今や、神様が茶飲み友達だ。

以前、似たようなことを愚痴ったアルバに対して、サーバレンが案の定の答えを返してきたことがある。

『そりゃあ、あんたが主人公だからだよ』

「元領主子息で、黄泉《よみ》がえり経験者で、加護持ちで、相棒は神様で、容姿端麗で、馬鹿みたいな魔力を持ってて、実は人気者で……あいつが物語の主人公になれないって言うなら、どんな奴がなれるんだって話だ」

だから、自分は主人公などではない。断じてない。アルバはそう思う。

「まあ、あんたも大概だけどね」

ラキアが呆れながらそんなことを言った。

「斥候だからな、俺は。目立ったら終わりだと思わないか？」

アルバの一言は、なぜか、【鷹の目】の女性陣全員の失笑を買った。

今現在、サーバレンの熱心な布教により、アルバの通り名は『因果超越のアルバ』である。

『鬼殺し《オーガキラー》』ならまだ許せた。しかし、『因果超越』はありえない。

「どうしてこうなった？」

心底勘弁してほしいと思うアルバだった。

EX. とあるメイドの追憶

子爵様のご子息であらせられるサバレン様は悲しいお方です。

「旦那様、まるで天使のような男の子にございます。しかも、この子はとても大きな魔力を宿しております」

「でかしたぞ、レフリア。これでクルスターク家も安泰だ。どれ、我輩にも抱かせておくれ。おお、これはレフリアに似て美形に育つぞ。きっと将来は『麗しき魔術師』と呼ばれるに違いない。我輩自ら剣の手ほどきができないのは残念だが、何、魔術師として戦働きができるなら武門の家にとっても喜ばしい限りだ」

サバレン様がお生まれになった日を私はよく覚えております。子爵様ご夫妻のみならず、私を含めた館の使用人すべてが喜びにあふれておりました。

しかし、一年と経たない内にサバレン様は魔力を失われました。未知の奇病であったと言われております。

学のない私でも『魔力と筋力は両立しない』ことくらいは知っております。膨大な魔力を持っておられたサバレン様が人並みの筋力を得られる望みはなく、今は魔力もお持ちにならない。武門の家系においてそれは致命的な欠陥でした。

一歳に満たぬ内にサバレン様は『無能』の烙印《らくいん》を押されたのです。

執事の話では、子爵様の仕事机の引き出しには、サバレン様を廃嫡するための書類一式が、日付を入れぬままに保管されているとのことでした。クルスターク家の親戚一同に迫られて、仕方なく用意されたものだそうです。

サバレン様が廃嫡となれば、今から子爵様がお子様を授からない限り、クルスターク家は親戚から養子を取ることになります。その際に、サバレン様がこの家に残っていては様々な火種になりかねず、おそらくは平民に下ることになりましょう。

「あの子、わたくしにちっとも甘えてくれないのよ？」

奥様はよくそのように愚痴を仰《おっしゃ》っていました。まだ幼いサバレン様は、まるで思春期を目前にした少年のように、女性に甘えるのを恥ずかしがるのです。

「サバレン様は聡明《そうめい》でいらっしゃいますから、むやみに甘えるのはお恥ずかしいのでしょう。他のお子様と比べても成長が早いようにお見受けいたします」

「そうなのかしら。わたくしは、ずっと子供のままでいてほしいのだけれど……」

そう仰る奥様の目は悲しげでした。早く大人に成るということは、それだけ早く自らに押された『無能』の烙印に気づくことになるのですから。

サバレン様は私どもの目から見ても妙に大人びたお子様でした。言葉遣いはつたないのに、心遣いが大人のそれなのです。

「アン、今大丈夫かな？　本棚の本に手が届かないんだ。取ってもらえる？　仕事の邪魔してごめんね？」

文字を覚えたサバレン様は、熱心に魔術の本をお読みになっておられました。

小さな体に不釣り合いな分厚い本をのぞき込む様子に、私は涙しそうになりました。

おそらくすでに、ご自分の身に降りかかった不幸をご理解なされていたのではないでしょうか。

サバレン様が時折見せるその暗い眼差《まなざ》しは、子供には似つかわしくないものでした。


「平民って、毎日どんなもの食べてるの？　お風呂には入れているの？」

少年期に差しかかる頃、サバレン様は平民の暮らしに興味を持ち、話し言葉も平民に近いものを好んで使っておいででした。

不思議なことに子爵様もそんなサバレン様を容認しておられました。

愚考しますに、クルスターク家を廃嫡になった後、平民として不自由なく暮らしていけるよう、子爵様もお考えになられていたのではないでしょうか。

サバレン様は使用人のみならず、館の兵士たちとも気兼ねなく会話を交わしておられました。華《きゃ》奢《しゃ》で魔力も持たないサバレン様は、兵士たちの目に壊れ物のように映ったことでしょう。

「サバレン様！　そのような靴で厩《うまや》に入ってはなりません。あ！　そこに！」

「え？　あ、ウ○チ！　しまった！　踏んじゃったよ。あははは」

サバレン様は、館の使用人や兵士たちに大変可愛がられました。いつも明るく、馬鹿をやっては私どもを笑わせる、そんなお子様でした。

この頃には幼少の頃の神童ぶりは鳴りを潜め、むしろ道化のような振る舞いが目立つようになりました。

しかし、私は気づいておりました。サバレン様は、まるで自分が館の客人であるかのような配慮をまま見せるのです。それは使用人に留まらず、子爵様や奥様相手でも同様でした。

例えば、サバレン様は他人に怒ったり、不平不満をぶつけることは一切ありません。子供らしからぬその寛容さは、むしろ、すべてを諦めているのではないかと私を不安にさせました。

その屈託のない様子も、道化を演じるかのような振る舞いも、どこまでが本当のお姿なのか私は量りかねておりました。

「我輩は、今日から父上のような話し方をしようと思う。これが貴族の当たり前なのだろう？　平民とも、適切な距離を取らせてもらうぞ。今までのようにはいかないから、そのつもりで。分かったな！　……って、笑わないでよ、アン！」

サバレン様はどうやらクルスターク家を継ぐ決心をなされたようでした。

館の使用人一同はそのことを大変嬉しく思いましたが、同時に、それがどれほどの茨の道であるかも知っていたため、複雑な思いを抱いたものです。

それに合わせて、サバレン様はレイピアの修行にも励むようになりました。

戦争がなくなってから貴族の間で流行りだした細身の剣は、筋力に乏しいサバレン様が唯一満足に使える武器です。しかし、あいにくと辺境に師事すべき使い手はおらず、サバレン様は並々ならぬ努力の末、独学で兵士と渡り合えるほどに使いこなしておいででした。

ただ、手合わせをする兵士たちはサバレン様にお怪我を負わせてはならないと神経をすり減らし、サバレン様が訓練場を去る頃には皆目が死んだようになるほど気疲れしていたようです。

青年期に入る頃には、サバレン様は領地経営について子爵様に熱心に尋ねるようになりました。教育のこと、街道のこと、様々なことを子爵様からご教授されたようです。

この頃のサバレン様の偉業に減税があります。

減税を行えば領地の財政が悪化するのは子爵様も十分にご理解なさっていたと思われますが、最終的にはサバレン様の熱意に押されて減税を断行いたしました。

あの年は農作物の出来が悪く、一部の村では口減らしも行われるのではないかと言われておりました。減税により救われた幼い命がどれだけあったことでしょう。

十五年後、彼らが税を収める頃には、この減税分も補われるのではないでしょうか。もっとも浅学な私がそう考えるだけで、現実は違うのかもしれません。

この頃、執事が私に漏らしたことがあります。

「王都で働いている執事仲間に聞いた話だ。迷宮特需に沸く辺境と、それ以外の地域での経済格差が開く一方でな、国は新たに富めるものからより多くを徴収する税を内密に検討中らしい。そうなれば、クルスターク家の財政も一気に改善するぞ。サバレン様がこのことを知っているはずはないのだが、なぜあれほど減税にこだわったのか、不思議なことだ」

「はあ……」

執事の話は私にはよく分かりませんでしたが、クルスターク家の財政がよくなるならそれに越したことはございません。


この頃から、サバレン様は積極的に街へ降りられるようになりました。神殿を訪れたり、街の噂に耳を傾けていたようです。

私はよく護衛の兵士たちからサバレン様の街でのご様子を聞かされておりました。

「サバレン様が街の娘に人気なのですか？」

「ああ。あのとおり見目麗しい方だからな」

確かにサバレン様は見た目が良いですが、それ以上に行動に問題があります。

「それじゃあ、街ではいつもの道化ぶりは控えておられる？」

「いや。いつもどおり、笑って済ませられる程度の失敗は日常茶飯事。その都度、街の者に助けられて、それをきっかけに街の者と親しくなってる」

「……一応、貴族らしい態度で？」

「そりゃまあ。『うむ、大儀であった。礼を言おう。お前、平民にしてはなかなかできるな』とか言っちゃってるけど、その直前に失態を晒しているんだから、威厳なんてあるわきゃないだろ？あれに腹立てる奴はいない。そもそも貴族が平民に対して無礼じゃない方がおかしい」

サバレン様を呆れ顔で見る街の者の顔が目に浮かびます。

「……で、むしろ仲良くなっていると？」

「気兼ねなく話せる貴族なんて、街の人間にとっちゃ貴重な存在だしな。この前は街のおっちゃんと肩組んで酒飲んでたぞ。貴族であれはないよな」

兵士はからからと笑いました。この兵士もサバレン様の奇行には慣れっこなのでしょう。

「大変サバレン様らしゅうございますが……それなのに、娘たちに人気なのですか？」

「まあ、変わり種を面白がっているだけかもしれんが」

「……箸が転がってもおかしい年頃ともいいますからね」

若い娘の心理が理解できないとは、私も歳をとったのでしょう。


そんなサバレン様が冒険者ギルドで騒ぎを起こしたと聞いて、私どもは耳を疑いました。なんでも冒険者にレイピアを向けたとか。

普段のサバレン様を知る私どもには到底信じがたいことでした。訓練でも真剣を使うのを嫌がるお方です。その冒険者がよほどの悪党だったのでしょうか。

サバレン様はその冒険者に決闘をいどみ、自ら迷宮へと赴くことになりました。

四人の兵士がサバレン様の助太刀に選ばれましたが、四人とも重責に身を縮ませ、中には腹を壊す者までいたそうです。出立の折にお見送りをいたしましたが、兵士四人は寝不足なのか、皆一様に生気のない蒼い顔をしており、本当に心配になりました。

そして、あの悲劇が起きたのです。

サバレン様は迷宮を殺した罪で毒杯を賜ることになりました。

なぜそんなことになってしまったのか、私どもにはさっぱり理解できませんでした。

サバレン様に下された罰を知って奥様が臥《ふ》せってしまったため、名代として私がサバレン様の最期を見届けることになりました。

「まあ、どうせ一度は死んだ身だしな。しゃーないか。これで父上に迷惑がかからないならいいさ。父上、魔獣のことだけは、くれぐれもお願いします。俺のせいで死人が出たなんてことになったら、死んでも死にきれない。それとマーキナーのことをよろしく。なんでも、クルスターク家の氏神様らしいんで」

「マーキナー様については神殿からも話を聞き及んでいる。魔獣のことも任せておけ。誰一人、死なせやしない」

「ありがとう、父上。アンもすまないな。嫌なことに付き合わせて。母上にも、まあ、立派な死に際だったとでも伝えてくれ」

「サバレン様……」

死を前にしてあっけらかんとしているサバレン様を見て、私は理解いたしました。サバレン様は最初から生きることに執着などしていなかったのだと。

過去の偉人には自らを『この世の客人』と呼んだ方がおられるそうです。サバレン様も、どこか役柄を演じているかのような気持ちで、これまでずっと生きてきたのではないでしょうか。

『無能の子爵子息』である現実を、ただの役割と信じ込むために。


サバレン様はお亡くなりになりました。

その日の子爵家は、まるですべての灯火が消えてしまったような有様でした。

やがて、そのやり場のない悲しみを怒りへと変えた血気盛んな兵士たちが、仇討《あだう》ちを叫び始めました。

「きっとその冒険者が濡《ぬ》れ衣《ぎぬ》を着せたに違いない。俺がサバレン様の仇《かたき》を取ってやる！」

「やめろ！　【鷹の目】はそんな連中じゃない。最初からサバレン様の様子は異常だった。明らかに相手を怒らせるような言動を取っていた。それに何の意味があったのか分からん。しかし、この結末を招いたのは……サバレン様自身だ」

彼らを止めたのは、サバレン様に同行した四人の兵士たちでした。サバレン様が死に至った事件について、最も事情を知っているのは彼らなのです。

「くそ！　何があったんだ！　なぜだ！　サバレン様……」

「……おそらく、氏神様の思し召しだったのだと思います」

「アン？」

その場に居合わせた私は、若い兵士たちをなだめるべく、場違いにも発言いたしました。

「詳しい事情は私も知らされておりません。しかし、子爵様はその事情を飲み込みました。ただ、サバレン様は、氏神様を奉るクルスターク家の一員として、氏子としての役割を果たしたのだと。それは、大変名誉なことだと」

「氏神様？　クルスターク領の？」

「名もなき神？　ただの作り話じゃなかったのか？」

地元出身の兵士たちから困惑の声が上がりました。彼らは両親や祖父母から氏神様について聞き及んでいたのでしょう。

クルスターク領に氏神はおりません。しかし、この国ができるよりも昔から、それこそクルスターク家が地方豪族であった時代から、領内の至るところに名もなき神を祀る祠《ほこら》が存在しております。一部では『失われた神の謎』として有名だとか。

それは大変な力を持った神であったそうです。しかし、その神はいつしか力を失いました。その神が力を持ち続けていたなら、クルスターク家が国を起こすことすらありえた、と年寄りは語り継ぎます。

それは、いち地方子爵領に過ぎないこの土地が、もしかしたら王都になっていたかもしれないという壮大なおとぎ話。若者や余所者《よそもの》は皆、地元びいきの与太話だと笑い飛ばす類のものです。

「では、サバレン様は氏神様の御心に従ってあのような行動を？」

「自らの身を犠牲にして氏神様の思し召しを叶えたというのか？　それではまるで……」

兵士が言葉を飲み込みました。しかし、その場にいた全員がその後に続く言葉に思い当たったでしょう。『聖人』あるいは『神の使徒』。その言葉をみだりに発すると神殿から咎《とが》められることもあるそうです。

「いゃあ、その称号はサバレン様に似合わないよなぁ。もっとこう、親しみが持てるやつじゃないとさ」

兵士の一人が天を見上げ、涙声でそう言って笑いました。

私たちもつられて笑い、天を見上げました。

『聖人』は死後、神界に召されて神の御許で暮らすそうです。おそらく皆、神界に召されるサバレン様の姿を想像したことでしょう。本当に似合わない。

後日、一人の青年が街に現れました。彼の名はサーバレン。そう、サーバレンです。

「神様も鬱陶しかったに違いない」

兵士がそう言って笑いました。私も、涙でぐちゃぐちゃになった顔で笑いました。

新米冒険者のサーバレンは、例の【鷹の目】という冒険者パーティーにしょっちゅう絡んでは、嫌な顔をされているそうです。

人に笑われることを是としながら、人に甘えることが苦手だったあの方が、あの冒険者たちには甘えているようです。甘えられる側はたまったものではないでしょうが。

私には、今の彼の方が幸せに見えます。ようやく本来の姿を取り戻したように見えるのです。

どうか、末永くお健やかに。アンは心よりお祈り申し上げます。

幕間．新米冒険者は今日も死ぬ

「あ、死におった」

マーキナーの目の前でサーバレンが死んだ。

一人で三匹の魔猪《まちょ》を相手にしている最中、正面の二匹に気を取られている隙に、背後から強烈な体当たりを受けて背骨が砕けたようだ。

魔猪の標的が自分に移る前に、マーキナーは自らの居場所を巻き戻して、現場から十分な距離を取った。

すべてを巻き戻せるというデタラメな能力を持つマーキナーだが、基本は人間の神官である。身体能力は一般人と変わらず、一日の恩寵の総量にも限りがある。無理に戦闘を行って意識を失えば、恩寵を使う間もなく文字どおり魔猪の餌食だ。

魔猪は雑食だ。今ごろ、サーバレンも美味《おい》しく頂かれているだろう。

ここは元【眠り姫の迷宮】付近の森、現在は通称【眠り姫の森】と呼ばれる場所である。【眠り姫の迷宮】を失い、魔素の濃くなったこの森では、魔獣が増える一方だ。

サーバレンは日がな一日ここで魔獣を狩る。

魔獣狩りは、迷宮攻略に実力が届かない冒険者が、資金稼ぎと戦闘訓練を兼ねて請け負うのが一般的だ。しかし、サーバレンの目的はこの森の魔獣を減らすこと自体にある。

「そろそろ食い終わった頃かの」

しばらく待ってから、マーキナーは現場に戻った。

無残に食い散らかされたサーバレンの遺体を見下ろし、マーキナーはしばし思案する。

(こやつが何度死んでも懲りんのは、死に際の恐怖の記憶がないせいか？　一度、記憶の巻き戻しを死に際で止めてみるか？　……いや、それだと正気を失って、使い物にならなくなるだけか)

サーバレンが使い物にならなくなれば、マーキナー一人では何かと不便だ。

氏子であるクルスタークの血筋に子供ができれば、サーバレンのように出生前の魂に干渉もできるが、使い物になるまで十数年はかかる。

「やはり、これで我慢するかの」

こんなんでも街では結構な人気者である。いろいろと便利なことも多い。

もっとも、なぜこんなんが人気者なのか、これの人格を形成した本人であるマーキナーにもさっぱり理解できない。その点ではアルバに完全に同意する。

(気づかぬ内に主人公補正とやらでも組み込んでしまったかのう？)

マーキナーは指を鳴らした。すると、そこには鎧から何からまったく無傷のサーバレンが横たわっていた。

マーキナーはサーバレンを蹴飛ばし、強制的に意識を取り戻させる。

「あれ？　ここどこ？　魔猪は？」

「帰るぞ、サーバレンよ。お前は魔猪に食われた。今日もう一度死ぬと、しばらく巻き戻せなくなる。そうやって無茶ばかりしていると、いずれはよみがえれなくなるぞ」

マーキナーの恩寵は巻き戻す時間が長くなるほど消費が増える。恩寵が足りず巻き戻すのが遅れれば、巻き戻さなくてはならない時間が増え、さらに恩寵の消費が増える。無制限に巻き戻せるわけではないのだ。

「……別に、それでも構わない。最初からよみがえらせてくれなんて頼んでない」

サーバレンが不貞腐《ふてくさ》れたように呟いた。

「そうか。しかし、お前が死んだままとなると、この森の魔物は増える一方になるぞ。それでは困るのじゃろう？」

実際は、魔獣が増えたところで領主所属の兵士たちで十分対処できる。死人や怪我人が出たところで、マーキナーが巻き戻す。

しかし、サーバレンは兵士たちに迷惑をかけることを良しとしない。気づかぬところで周りに迷惑をかけまくるくせに、気づいてしまった迷惑は二度とかけたがらない難儀な性分だ。

サーバレンが迷惑をかけることも辞さない例外が、マーキナーとアルバである。多分、この二人は自分を甘やかさないと知っているからだろう。

「……くそ！　しゃーない」

サーバレンが腰を浮かせかけて、すぐにもう一度座り込む。

「どうした？　まだ怪我が残っておったか？」

「なあ、マキちゃん。俺考えたんだけどさ、やっぱ、おかしいんだよ」

「何がだ？」

「記憶がさ、ないんだよ。トラックにひかれた時より前の記憶が、すごく曖昧なんだ。自分の名前すら思い出せない」

「そりゃ、そうじゃろ。そこは物語には関係ない。前世の名前はない場合が多いな」

「……朧《おぼろ》気《げ》な記憶はあるんだ。学校に通って、俺は目立たない奴で、周りに可愛い女の子が沢山いてさ」

「そりゃ、ジャンル違いじゃ。混じったかの？」

「…………」

サーバレンが泣きそうな顔で黙り込んだ。マーキナーは嘆息する。

「のう、サーバレン。今、お前が生きているのはこの中つ界じゃ。前世の記憶に何の意味がある。それがお前を幸せにするなら、その知識にしがみつくのもよい。しかし、その記憶はお前を不幸にしているだけだぞ？　生まれる前に語った宝くじの話を覚えておるか？」

「前世の記憶が宝くじってこと？」

「その記憶をひけらかしても、知識目当ての人間が集まってくるだけじゃ。それで自分が偉くなったと錯覚する。前世の豊かさと比較するから、この世界の暮らしに満足できない。そんな姿は、この儂から見れば醜悪極まりないものじゃぞ？」

「だって！　前世は必要だろ？　前世があるから俺が俺なわけで……って、何言ってんだ俺？」

サーバレンが頭を掻きむしる。

その様子を見ながらマーキナーはしばし思案する。

「サーバレンよ。お前が前世と信ずる世界にな、悠久の時を変わらずに生きた偉大な民族がおった。彼らは未来も過去も夢だと語る。時の神である儂は、その言葉が真実であると知っておる。もっとも、そんな偉大な民族も、拡大と破壊ばかりが得意になった自称文明人の野蛮人どもに狩りつくされかけたがな。お前の記憶が夢物語だとして、それに何の問題があろうか。あれはいい夢だったと割りきり、今を生きることの方が賢明じゃぞ？」

「……やっぱり、この記憶は作り物なのかよ……」

サーバレンが頭を抱えてうずくまる。

マーキナーは再び深く嘆息した。

「まあ、そうやっていちいち儂の言葉を真に受けるな。儂はトリックスターじゃぞ。嘘じゃ、全部嘘。今ここで語ったことも一から十まで全部嘘じゃ」

サーバレンが恨めしそうな顔でマーキナーをにらむ。

「神官は嘘がつけないんだろ？　知ってるぞ」

サーバレンの言葉に、一瞬マーキナーはキョトンとして、次の瞬間には大笑いした。

「は、何を言いだすかと思えば。それは全部儂のせいじゃ。儂が子供らを散々嘘でからかったからの。奴らは皆、嘘が大嫌いじゃ。だから、神官がためにならない嘘をつくとへそを曲げる。その原因である儂が嘘を嫌うものかよ。このマーキナーは世界で唯一の、嘘しか吐かない神官じゃ」

「なんだよ、それ？　頼むから、どこからどこまでが嘘か本当か教えてくれよ！」

サーバレンが悲鳴を上げた。マーキナーはそれを笑って見ている。

「知るか。自分で考えろ。それが答えじゃ。この話はもう終わり。帰るぞ」

「だからー、俺は頭が悪いんだから、そんなもん考えても分からないよ！」

「己の無知を知ったのなら、次は学べ、そして熟考しろ。楽な道など、すべて奈落へと通じておると心得よ」

「うがー!!」

サーバレンが天に向けて雄叫《おたけ》びを上げた直後、どこからともなく飛んできた人影がサーバレンの背後に降り立った。

「よう」

それはいつものマスクと灰色の装束に身を包んだアルバだった。

「なんじゃ、お前から声を掛けてくるとは珍しいの？　それに今のはどこから飛んできた？　また、おかしな魔術でも習得したのか？」

「え？　アルバ？　おお、我が心の友よ！」

「やめろ、鬱陶しい！」

振り返りざま抱きつこうとしてきたサーバレンをアルバは前蹴りで押《お》し止《とど》める。

「聞きたいことがあってな。ガットロウから魔獣の行動が異常だと言われて調査中だ。何か変わったことはないか？」

「ふむ、やはりな。いくら迷宮がなくなったとはいえ、この森の魔獣の増え方は異常じゃと思っとったところじゃ」

「え？　そうなの？」

心底意外そうな顔のサーバレンに、マーキナーはほとほと呆《あき》れ返《かえ》る。

「毎日のようにこの森に来ておいて、ほんにお前という奴は……。よいか、魔獣は繁殖時にしか増えん。魔素が濃くなったからといって、普通の動物が途中から魔獣になることなどない。今は多くの魔獣は繁殖期ではない。つまり、増えた魔獣の多くは、どこからか移動してきたことになる」

マーキナーの話を受けて、アルバは顎に手を当てて思案する。

「魔獣の大移動か。縄張り意識が強い魔獣が多いはずなのに、確かに異常だな」

「いずれにしろ、なんぞ良からぬことが起こる前触れじゃろうて」

不穏なことを言いながら、マーキナーに深刻な様子はない。この不遜な神が深刻な様子を見せたら、それこそ世界を揺るがす一大事だろう。

「良くないこと？　それってクルスターク領に被害が及ぶようなことなのか？」

こんな時だけ、領主子息の顔に戻るサーバレンをマーキナーは面白がる。

「さて？　未来は夢の中じゃ。儂にも分からん。でな、アルバよ。こやつ、また懲りもせず死におった。こやつが役に立つ局面があるかは分からんが、凶兆がある以上、戦力は多いに越したことはあるまい。お前から、こやつに戦い方を助言してやってはくれぬか？」

「なんで俺が……」

そう言いながら、アルバはサーバレンを足先から頭の先までねめつけ、最後に大きくため息をついた。

「……サーバレン、お前、【時を止める】加護を使って、レイピアで相手の急所を狙う戦い方をしているだろう？」

「え？　うん」

「その加護は敵に近すぎると、効果が薄くなるんだろう？　その使い方はやめておけ。【電撃】の魔術は覚えたと言っていたな」

「ありゃ駄目じゃ。儂も見せてもらったがの。ろくすっぽ飛ばない上に、収束せずにバラけまくる。魔力操作がなっちゃおらん」

「いや、それで十分だ。俺の見立てでは、こいつは世にも珍しい『前衛いらずの魔術師』だ。子供の頃から剣の訓練に励んできた魔力持ちなんて、まずいないからな。体捌きも悪くない。その上で、バカみたいに魔力が多い」

「『前衛いらずの魔術師』!?」

サーバレンが目をキラキラさせ、食い入るようにアルバの次の言葉を待つ。

「普段は射程ぎりぎりから【電撃】を撃ち続けろ。お前の魔力なら、撃ちっぱなしすら可能だろう？　バラけるなら広範囲を攻撃できて好都合だ。敵もそうそう近づけまい。仮に近づかれても、お前なら敵をレイピアで牽制できる。危なくなったら【時を止める】加護を使って逃げることもできる。後は、【電撃】で痺れて動けなくなった敵にレイピアで止めを刺していければ効率的だ。以上だ、二度と言わん」

「よし、分かった！　アルバが言うんだから間違いない。これで勝つる！　さっそく試して――」

「駄目じゃ！　今日はもう一回死んだ。明日以降にせい。儂は菓子が食いたい。助言、痛みいるぞ、アルバよ」

後ろからサーバレンの首根っこを引《ひ》っ摑《つか》んで、マーキナーが指を鳴らす。二人の姿が一瞬でかき消えた。

「さて、俺はこいつの慣らしも兼ねて、もう少し見回るか」

アルバの全身が魔力光に包まれる。

その時、遠くから低く太い獣の咆哮《ほうこう》が聞こえた。

「獅子？　……まさかな」

アルバが地面を蹴ると、その体は一気に宙へと舞い、滑空する鷹のようにゆっくりと高度を下げながら、森の中へと消えていった。

神門忌月（かむど・いみづき）

新潟市在住。富野アニメの洗礼を受け、ソノラマ文庫を経て海外SFに傾倒。ボードゲームを嗜み、自作もする。ビデオゲームはEDF隊員にしてドラゴンボーン。魂の一冊は『世界SF全集31 世界のSF（短篇集）　古典篇』。座右の銘は「遊びをせんとや生まれけむ」。

レジェンドノベルス
LEGEND NOVELS

斥《せっ》候《こう》が主《しゅ》人《じん》公《こう》でいいんですか？ 失《しっ》敗《ぱい》しらずの迷《めい》宮《きゅう》攻《こう》略《りゃく》

2020年11月5日　第1刷発行

[著者]　神《かむ》門《ど》忌《いみ》月《づき》
[装画]　じゅん
[装幀]　滝澤祐茉（ビーワークス）

[発行者]　渡瀬昌彦
[発行所]　株式会社 講談社
〒112-8001 東京都文京区音羽 2-12-21
電話　[出版] 03-5395-3433
　　　[販売] 03-5395-5817
　　　[業務] 03-5395-3615

[本文データ制作]　講談社デジタル製作
[印刷所]　凸版印刷 株式会社
[製本所]　株式会社 若林製本工場

N.D.C.913 286p 20cm ISBN 978-4-06-521454-1

レジェンドノベルス
LEGEND
NOVELS